A vergonha

F✷SF✷R✷

ANNIE ERNAUX

A vergonha

Tradução
MARÍLIA GARCIA

3ª reimpressão

Para Philippe V.

A linguagem não é a verdade.
Ela é a nossa forma de existir no universo.

PAUL AUSTER
A invenção da solidão

MEU PAI TENTOU MATAR MINHA MÃE num domingo de junho, no começo da tarde. Eu tinha ido à missa das 11h45, como sempre fazia. Na volta deveria buscar alguns doces na confeitaria que ficava numa espécie de centro comercial, um conjunto de prédios provisórios construídos no pós-guerra, enquanto aguardavam o término da reconstrução. Ao chegar em casa, tirei a roupa de domingo e pus um vestido mais simples. Depois que os clientes já haviam ido embora e os postigos na fachada da mercearia estavam fechados, sentamos para comer, ouvindo rádio, com certeza, pois estava na hora do *Le tribunal*, um programa de humor com Yves Deniaud no papel de funcionário subalterno, acusado continuamente de pequenos delitos sem importância e condenado a penas ridículas por um juiz de voz trêmula. Minha mãe estava de mau humor. A discussão que ela tinha começado com meu pai logo que se sentou durou toda a refeição. Depois de tirar a mesa e limpar a toalha de plástico, ela continuou a criticar meu pai, andando de um lado para o outro, como fazia quando estava aborrecida, pela minúscula cozinha — que ficava espremida entre o café, a mercearia e a escada que levava ao andar de cima. Meu pai ficou sentado à mesa, sem responder, com o rosto virado para a janela. De repente, começou a tremer de modo convulsivo e ficou ofegante. Ele se levantou e eu o vi segurar minha mãe com força e arrastá-la para o café aos gritos, com uma voz rouca, que eu nunca tinha ouvido. Fugi para o andar de cima e me joguei na cama, com a cabeça no travesseiro. Depois ouvi minha mãe berrar: "Filha, filha!". A voz dela vinha da adega, que ficava ao lado do café. Desci correndo as escadas e gritei, com toda força, "socorro!". Na adega mal iluminada, meu pai agarrava minha mãe pelos ombros, ou pelo pescoço. Na outra mão, segurava a pequena foice de cortar lenha que ele arrancara do pedaço de madeira no qual ela costumava ficar cravada. A partir daqui, só consigo me lembrar dos soluços e dos gritos. Em seguida, estamos os três na cozinha de novo. Meu pai sentado perto da janela, minha mãe em pé ao lado do fogão e eu sentada debaixo da escada. Eu não consigo parar de chorar. Meu pai não tinha voltado ao normal, estava com as mãos trêmulas e ainda com aquela voz estranha. Ficou repetindo "está chorando por quê, se eu não fiz nada com você?". Eu me lembro de ter falado uma frase: "Você vai me afundar na desgraça".* Minha mãe disse "vamos lá, chega". Depois, saímos os três para andar de bicicleta numa área rural que ficava nos arredores. Na volta, meus pais reabriram o café, como faziam todos os domingos à noite. Nunca mais se falou no assunto.

Foi no dia 15 de junho de 1952. A primeira data precisa e clara da minha infância. Antes disso, há somente uma sucessão de dias e de datas escritas na lousa e nos calendários.

* No dialeto normando, "*gagner du malheur*" [afundar na desgraça] significa ficar louco e infeliz para sempre depois de ter vivido uma situação de pavor. (N.A.)

Mais tarde, cheguei a contar para alguns homens: "Meu pai tentou matar minha mãe pouco antes de eu fazer doze anos". Ter vontade de dizer essa frase significava que eu estava apaixonada por eles. Todos se calaram depois de ouvi-la. Eu percebia que tinha cometido um erro, que eles não tinham condições de ouvir uma coisa dessas.

Escrevo essa cena pela primeira vez. Até hoje, me parecia impossível fazer isso, mesmo num diário. Como se fosse uma ação proibida que traria um castigo. Talvez o de não poder escrever mais nada depois. (Senti uma espécie de alívio há pouco, ao constatar que continuava escrevendo como antes, que nada de terrível me acontecera.) Na verdade, depois que consegui escrever esse relato, tenho a impressão de que se trata de um acontecimento banal, algo que ocorre nas famílias com mais frequência do que eu pensava. Talvez seja porque o relato, qualquer relato, normaliza o ato, inclusive o mais dramático deles. Porém, por eu ter sempre conservado essa cena dentro de mim como uma imagem, sem nenhuma palavra ou frase para além das que disse aos meus namorados, as palavras que usei aqui para descrevê-la me soam estranhas, quase desconexas. Ela se tornou uma cena para os outros.

Antes de começar a escrever, achava que seria capaz de me lembrar de todos os detalhes. Na verdade, só retive a atmosfera, a posição de cada um na cozinha, algumas falas. Não sei mais qual foi a origem da briga, se minha mãe ainda estava vestindo seu jaleco branco de comerciante ou se ela tinha trocado de roupa pensando que íamos dar um passeio. Nem sei o que comemos. Não tenho nenhuma lembrança precisa da manhã do domingo, fora a rotina de sempre, missa, ida à confeitaria etc. — apesar de ter rememorado inúmeras vezes a época em que essa cena ainda não havia acontecido, como faria mais tarde com outros acontecimentos. Mas tenho certeza de que eu estava com meu vestido azul de bolinhas brancas pois, nos dois verões seguintes em que continuei a usá-lo, eu sempre pensava, quando ia vesti-lo, "é o vestido daquele dia". Tenho certeza também do clima que fazia, uma mistura de sol, nuvens e vento.

Depois, aquele domingo passou a ser uma espécie de filtro que ficava entre mim e todas as coisas que eu vivia. Continuava brincando, lendo, agindo como antes, mas de algum modo estava ausente. Tudo se tornara artificial. Passei a ter dificuldade para memorizar o conteúdo que, antes, com uma única leitura eu aprendia. No lugar da displicência dos alunos que têm facilidade para o estudo, passei a ter uma hiperconsciência das coisas, sem me concentrar em nada específico.

É uma cena que não podia ser julgada. Meu pai, que me adorava, havia tentado eliminar minha mãe, que também me adorava. Como minha mãe era mais cristã que meu pai, e como era ela que administrava o dinheiro da casa e que conversava com as minhas professoras, eu devia achar natural que ela gritasse com meu pai do mesmo jeito que gritava comigo. Ninguém estava errado, ninguém era culpado. Eu devia apenas impedir que meu pai matasse minha mãe e fosse para a prisão.

Acho que esperei durante meses, talvez anos, que a cena se repetisse, com a certeza de que aconteceria. A presença dos clientes me tranquilizava; eu receava os momentos em que estaríamos só os três, nas noites e tardes de domingo. Ficava alerta para a menor alteração de voz entre eles e vigiava meu pai, as expressões que fazia, as mãos dele. Se um silêncio repentino se instaurava, eu sentia a desgraça se aproximar. Na escola, ficava imaginando que, ao voltar para casa, poderia encontrar o drama consumado.

Quando acontecia de um demonstrar afeto pelo outro, com um sorriso, uma risada cúmplice ou uma piada, eu tinha a sensação de estar de volta a uma época anterior à cena. Como se tudo não tivesse passado de um "sonho ruim". Pouco depois, já sabia que esse gesto de afeto só fazia sentido no momento em que tinha acontecido e não era nenhuma garantia para o futuro.

Naquela época sempre tocava no rádio uma música esquisita que reproduzia uma briga súbita num saloon: havia um momento de silêncio, em que uma voz sussurrava "dava para ouvir uma mosca voando", e depois uma explosão de gritos e de frases confusas. Todas as vezes que eu ouvia essa música, era tomada por uma angústia. Um dia meu tio me deu o romance policial que ele estava lendo: "O que você diria se seu pai fosse acusado de um assassinato que não cometeu?". Na mesma hora eu gelei. Em todo canto encontrava a cena de um drama que não havia acontecido.

A cena nunca mais se repetiu. Meu pai morreu quinze anos depois, também num domingo de junho.

Só agora me dou conta do seguinte: talvez meus pais tenham conversado entre eles sobre a cena do domingo e o gesto do meu pai, talvez tenham encontrado uma explicação, ou uma desculpa, e tenham decidido esquecer tudo. Por exemplo, numa noite depois de terem feito amor. Tal pensamento, como todas as coisas que não ocorrem na hora, chegou tarde demais. Ele já não me serve para nada, apenas me faz perceber, pelo viés de sua ausência, o tamanho do horror sem palavras que experimentei naquele domingo.

Em agosto, uma família de ingleses montou uma barraca para acampar na beira de uma estrada deserta no sul da França. Pela manhã, foram encontrados mortos: o pai, Sir Jack Drummond; sua esposa, Lady Ann; e a filha Elizabeth. A fazenda mais próxima pertencia a uma família de origem italiana, os Dominici, cujo filho Gustave foi a princípio acusado pelos três assassinatos. Os Dominici falavam francês mal; os Drummond talvez falassem melhor que eles. Eu não sabia nada de inglês nem de italiano, apenas "do not lean outside" e "è pericoloso sporgersi", frases que vinham escritas nos vagões de trem abaixo de "não se pendurar do lado de fora". Na época acharam estranho que gente com uma boa condição tivesse preferido dormir ao relento em lugar de um hotel. Fiquei me imaginando morta ao lado dos meus pais na beira de uma estrada.

Daquele ano, ainda guardo duas fotos. Numa delas, estou vestida para a primeira comunhão. É uma "foto de estúdio", em preto e branco, inserida e colada numa caderneta de papelão, ornada por motivos, coberta com uma folha semitransparente. Dentro, a assinatura do fotógrafo. Vê-se uma menina com o rosto cheio, a pele fina, as maçãs do rosto protuberantes, um nariz arredondado de narinas grandes. Os óculos têm uma armação grossa, de cor clara, e vão até o meio da maçã do rosto. Os olhos encaram intensamente a câmera. Os cabelos curtos, com uma permanente, sobressaem na frente e atrás da touca, de onde pende um véu preso de modo frouxo debaixo do queixo. Apenas um leve sorriso esboçado no canto do lábio. Uma expressão de menina séria, que aparenta ser mais velha graças à permanente e aos óculos. Está ajoelhada num genuflexório, os cotovelos sobre o apoio acolchoado, as mãos grandes, com um anel no dedo mínimo, estão unidas debaixo do rosto e delas pende um rosário que cai sobre o missal e as luvas postos em cima do genuflexório. A silhueta não está marcada no vestido de musselina cujo laço da cintura está frouxo, como a touca. Dá a impressão de que não há um corpo por baixo desse hábito de freirinha, pois não consigo imaginá-lo e menos ainda senti-lo da forma como sinto o meu agora. Fico espantada ao pensar que, contudo, é o mesmo que tenho hoje.

Essa foto data de 5 de junho de 1952. Ela não foi tirada no dia da minha primeira comunhão, em 1951, mas — já não lembro por qual motivo — no dia da "renovação dos votos", em que a cerimônia era reproduzida, um ano depois, com as mesmas roupas.

Na outra foto, pequena e retangular, estou com meu pai diante de uma mureta decorada com uns vasos de flores. Estamos em Biarritz, fim de agosto de 1952, com certeza na orla, embora na imagem não apareça o mar, numa viagem a Lourdes. Devo ter no máximo um metro e sessenta, pois minha cabeça bate um pouco acima do ombro do meu pai, que media um metro e setenta e três. Meus cabelos cresceram nesses três meses, formando uma espécie de coroa encrespada, presa com uma fita em torno da cabeça. A foto está muito desfocada, tirada com uma câmera cúbica que meus pais ganharam numa quermesse antes da guerra. É difícil distinguir meu rosto ou meus óculos, mas se vê um grande sorriso. Estou de saia e camiseta branca, uniforme que eu havia usado na Festa da Juventude dos Colégios Cristãos. Por cima, um casaco apoiado no ombro com as mangas soltas. Aqui, pareço magra, sem formas definidas, por causa da saia justa no quadril e larga mais abaixo. Nessa roupa, pareço uma pequena mulher. Meu pai usa um casaco preto, uma camisa e calças claras, gravata escura. Ele se esforça para sorrir, com o habitual ar preocupado que tinha em todas as fotos. Sem dúvida, guardei essa porque nela, ao contrário das outras, parecemos ser quem não éramos — pessoas chiques, veranistas. Nas duas imagens apareço sorrindo de lábios fechados, por causa dos meus dentes tortos e malcuidados.

Olho para essas fotografias até parar de pensar, como se, de tanto encará-las, eu fosse conseguir entrar no corpo e na cabeça dessa menina que esteve ali, um dia, no genuflexório do fotógrafo, em Biarritz com seu pai. Porém, se eu nunca tivesse visto essas imagens e alguém me mostrasse pela primeira vez, não acreditaria que aquela era eu. (Certeza de que "sou eu"; impossibilidade de me reconhecer, "não sou eu".)

Menos de três meses separam as fotos. A primeira é do começo de junho, a segunda do fim de agosto. Elas são muito diferentes pelo formato e pela qualidade, por evidenciarem certa transformação em minha silhueta e em meu rosto, mas elas me parecem dois marcos temporais: um, o da primeira comunhão, no fim da infância que a cerimônia representa; o outro, inaugurando o tempo no qual eu não deixaria mais de sentir vergonha. Talvez isso seja apenas um desejo meu de delimitar um período preciso naquele verão, como faria um historiador. (Dizer "naquele verão" ou "o verão dos meus doze anos" é uma forma de romantizar um tempo que nada teve de romântico para mim, assim como não consigo imaginar que o verão de agora, de 1995, um dia seja tratado com o encantamento que a expressão "naquele verão" sugere.)

Também guardo outros vestígios materiais daquele ano:

um cartão-postal em preto e branco da rainha Elizabeth II. Ganhei-o de presente da neta de uns amigos dos meus pais de Le Havre que fora à Inglaterra com a turma da escola para a cerimônia de coroação. No verso, uma pequena mancha amarronzada, que já estava ali quando ganhei o cartão, e que me dava nojo. Toda vez que eu via o postal, pensava na mancha. Elizabeth II aparece de perfil, com o olhar perdido ao longe, os cabelos pretos, curtos, penteados para trás, a boca grande com os lábios pintados de um vermelho escuro. A mão esquerda apoiada num casaco de pele, a direita segura um leque. Impossível lembrar se eu a considerava uma mulher bonita. Talvez a questão sequer passasse pela minha cabeça, afinal, ela era rainha.

um estojinho de costura de couro vermelho, sem nenhum acessório dentro, nem tesouras, nem agulha de crochê ou furador etc., presente de Natal que eu escolhera em lugar de um suporte de mesa para escrever, pois seria mais útil na escola.

um cartão-postal que mostra o interior da catedral de Limoges que enviei a minha mãe durante a viagem a Lourdes. No verso, com uma caligrafia grande: "Em Limoges, o hotel é ótimo e há muitos estrangeiros. Beijos grandes", com meu nome e "Papai". Foi meu pai que escreveu o endereço. Data da postagem 22/8/52.

um livreto de cartões-postais: "O castelo de Lourdes. Museu dos Pireneus", que devo ter comprado quando visitamos o lugar.

a partitura de uma canção, "Viagem a Cuba", num encarte de folhas azuis com desenhos de barquinhos na capa, dentro dos quais aparece escrito o nome dos artistas que cantavam ou tocavam a música: Patrice e Mario, as irmãs Étienne, Marcel Azzola, Jean Sablon etc. Eu devia gostar bastante dessa música, a ponto de querer ter o texto, tendo convencido minha mãe a me dar dinheiro para comprar uma coisa que, aos olhos dela, era fútil e, sobretudo, inútil para os meus estudos. Devia gostar até mais dessa que dos sucessos daquele verão, "*Ma p'tite folie*" e "México", que um dos motoristas do ônibus da viagem a Lourdes cantarolava.

o missal que aparece debaixo da minha luva na foto da primeira comunhão, intitulado *Missal vesperal romano*, por Dom Gaspard Lefebvre — Bruges. Todas as páginas estão divididas em duas colunas, latim-francês, menos aquelas centrais, ocupadas pelo "ordinário da missa", nas quais o texto em francês aparece na página à direita e, em latim, à esquerda. No início, um "calendário litúrgico das temporadas e festas móveis de 1951 a 1968". O livro está tão fora do tempo que as datas soam estranhas e ele parece ter sido escrito vários séculos antes. Algumas palavras usadas com frequência continuam desconhecidas para mim, como a secreta, o gradual, o trato (não me lembro de ter procurado compreender seu sentido). Sinto um espanto profundo, que beira o mal-estar, ao folhear esse livro que parece escrito numa língua esotérica. Reconheço todas as palavras e poderia, sem olhar, dizer a sequência do *Agnus dei* ou de qualquer outra oração curta, mas não consigo me reconhecer na menina que, em todos os domingos e feriados, relia o texto da missa com dedicação, talvez até com ímpeto, considerando certamente um pecado não fazer dessa forma. Assim como as fotos constituem a prova do meu corpo de 1952, o missal — e o fato de ele ter sido conservado depois de tantas mudanças não é insignificante — é a prova material irrefutável do universo religioso do qual eu fazia parte, mas que não consigo mais apreender. Não tenho a mesma sensação incômoda diante de "Viagem a Cuba", música que fala sobre o amor e sobre viajar, dois desejos ainda presentes em minha vida. Acabo de cantar as letras com prazer: "Íamos dois rapazes e duas moças/ Num barquinho celestino/ Ele se chamava Nina-Formosa/ E tinha Cuba como destino".

Há vários dias, convivo com a cena daquele domingo de junho. Quando a escrevi, eu a vi "nitidamente", em cores, formas definidas, e ouvi as vozes. Agora, ela ficou acinzentada, incoerente e muda, como um filme a que assistimos numa televisão sem antena. O fato de eu ter traduzido essa cena em palavras não alterou em nada sua ausência de significado. Ela continua sendo o que tem sido desde 1952, um acontecimento ligado à loucura e à morte, que comparei inúmeras vezes, tentando avaliar seu grau de dor, a outros acontecimentos da minha vida, sem nunca encontrar um equivalente.

Se estou de fato começando a escrever um livro, como tenho a sensação por uma série de indícios — a necessidade de reler as linhas escritas, a impossibilidade de fazer outra coisa —, então assumi o risco de ter revelado tudo de uma vez só. Mas, na verdade, nada foi revelado, além do fato bruto. Quero chacoalhar essa cena, há tantos anos congelada, para arrancar de dentro de mim seu caráter sagrado de ícone (demonstrado, por exemplo, na minha crença de que é ela que me leva a escrever, de que é ela que está no fundo dos meus livros).

Não espero nada da psicanálise nem de uma terapia familiar, das quais me vali sem dificuldades, há bastante tempo, para chegar a algumas conclusões rudimentares: mãe dominadora, pai que aniquila sua própria submissão com um gesto mortal etc. Dizer que "se trata de um trauma familiar" ou que "os deuses da infância desabaram naquele dia" não basta para explicar uma cena de que só a expressão que me ocorreu na época poderia dar conta: *afundar na desgraça*. As palavras abstratas, aqui, permanecem acima de mim.

Ontem fui aos Arquivos de Rouen consultar as edições do *Paris-Normandie* de 1952, jornal que o entregador trazia todos os dias para os meus pais. É mais uma coisa que até hoje não tinha tido coragem de fazer, como se eu fosse *afundar na desgraça* outra vez ao abrir o jornal de junho. Subindo as escadas, tive a sensação de estar a caminho de um encontro assustador. Numa sala que ficava debaixo da água-furtada da prefeitura, uma mulher me entregou dois grandes volumes pretos contendo todas as edições de 1952. Comecei a folhear a partir de 1º de janeiro. Queria retardar o momento de chegar no dia 15 de junho, entrar outra vez na sucessão inocente dos dias em que eu vivia antes dessa data.

No alto e à direita da primeira página figuravam as previsões meteorológicas do padre Gabriel. Eu não sabia relacionar isso com nada da minha vida, nem com as brincadeiras da época, nem com os passeios. Estava alheia àquele desfile de nuvens, sol com tempo aberto, tempestade, que marcavam a passagem do tempo.

Eu conhecia quase todos os acontecimentos mencionados, a guerra da Indochina, da Coreia, os motins em Orléansville, o plano Pinay,* mas não os teria situado especialmente em 1952; certamente tinha memorizado tudo aquilo num momento posterior de minha vida. Não poderia relacionar "Seis bicicletas de plástico explosivo são detonadas em Saigon" e "Duclos foi fichado em Fresnes por atentar contra a segurança do Estado" com nenhuma imagem de mim mesma em 1952. Pareceu bizarro pensar que Stalin, Churchill, Eisenhower estivessem tão vivos para mim naquele momento como estão agora Iéltsin, Clinton ou Kohl. Eu não reconhecia nada. Era como se eu não tivesse vivido aquele tempo.

Diante da foto de Pinay, fiquei estarrecida com sua semelhança com Giscard d'Estaing; não o atual, decrépito, mas o de vinte anos atrás. A expressão "cortina de ferro" me transportou para a sala de aula da escola particular, quando a professora pedia que rezássemos uma dezena do rosário para os cristãos que estavam do outro lado da "cortina" e eu imaginava uma imensa muralha metálica contra a qual homens e mulheres se atiravam.

Por outro lado, reconheci de imediato a tirinha de humor, *Poustiquet*, análoga às que costumavam sair na última página do *France-Soir*, e a piada do dia, que me levou a pensar se na época eu teria rido dela, e era a seguinte: "Diga lá, pescador, esses peixes mordem a isca? — Ah, não, senhor, eles são bonzinhos". Reconheci também as propagandas e os títulos dos fil-

* Os motins em Orléansville de maio de 1952 se deram em reação à violência policial que oprimiu manifestantes presentes no discurso de Messali Hadj, político argelino favorável à independência da Argélia. O plano Pinay é um relatório elaborado por uma comissão, encomendado por Georges Pompidou e pelo ministro das finanças Antoine Pinay, aprovado em 1958 pelo governo francês. O plano econômico deu origem, entre outras medidas, ao novo franco. (N.T.)

mes que passavam nos cinemas de Rouen antes de chegarem a Y., *Paraíso proibido*, *Minha mulher é formidável* etc.

Todos os dias havia uma série de notícias terríveis, como a história de uma criança de dois anos morta de repente enquanto comia um croissant, de um lavrador que, sem querer, cortara as pernas do filho que brincava de se esconder no meio da plantação de trigo, de uma granada da época da guerra que matara três crianças em Creil. Era a parte que eu tinha mais vontade de ler.

O preço da manteiga e do leite estava na manchete. O universo rural parecia ocupar um bom espaço, como testemunhavam as informações sobre a febre aftosa, as reportagens sobre as esposas dos agricultores, as propagandas de produtos veterinários, Lapicrine, Osporcine. Pelo tanto de elogios às pastilhas e aos xaropes, as pessoas deviam tossir bastante ou se tratar só com esses produtos, sem consultar um médico.

A edição de sábado incluía uma seção "Para as senhoras". Notei uma vaga semelhança entre alguns modelos de jaquetas e a que eu usava na foto de Biarritz. Mas, de um modo geral, tive certeza de que nem minha mãe nem eu estávamos vestidas daquela maneira e, entre os estilos de penteado, nada se parecia com minha permanente em coroa, meio cacheada, da mesma foto.

Cheguei à edição de sábado, 14, domingo, 15 de junho. A primeira página anunciava: "A colheita de trigo representa um aumento estimado de 10% — Não há favoritos para a corrida *24 Horas de Le Mans*. Em Paris, Sr. Jacques Duclos interrogado exaustivamente — Depois de dez dias de buscas, o corpo da pequena Joëlle foi encontrado perto da casa de seus pais. Ela foi atirada em uma fossa de esgoto por uma vizinha, que confessou o crime".

Não quis seguir adiante com a leitura dos jornais. Ao descer as escadas do Arquivo, percebi que eu tinha ido até lá com a sensação de que encontraria a cena no jornal de 1952. Depois, pensei incrédula que tudo acontecera enquanto os motores dos carros roncavam incansáveis pelo circuito de Mans. Juntar essas duas imagens era, para mim, algo inconcebível. Então entendi que nenhum dos bilhões de fatos ocorridos no mundo naquele domingo poderia ser posto ao lado dessa cena sem me encher de estupor. Somente ela era a cena real.

Tenho à minha frente a lista de acontecimentos, filmes e propagandas que anotei com satisfação ao ler o *Paris-Normandie*. Não posso esperar nada desse tipo de documento. Constatar que não havia muitos carros nem geladeiras em 1952, e que o sabonete Lux era o preferido das estrelas de cinema, não é mais relevante que enumerar os computadores, micro-ondas e congelados dos anos 1990. A distribuição social das coisas tem mais sentido que sua existência. Em 1952, não ter água encanada enquanto algumas pessoas tinham um banheiro era o que contava; hoje, o que conta é que algumas pessoas se vestem com Froggy enquanto outras usam Agnès B. Com relação às diferenças entre as épocas, os jornais só fornecem signos coletivos.

O que me interessa aqui é encontrar as palavras que eu usava para pensar em mim mesma e no mundo ao redor. Reconhecer o que era o normal para mim e o que era inadmissível, até impensável. Mas a mulher que sou em 1995 é incapaz de se ver na menina de 1952, que só conhecia sua cidadezinha, sua família e sua escola, que só tinha à disposição um vocabulário reduzido. E, a sua frente, a imensidão do tempo por viver. Não existe memória verdadeira sobre si mesma.

A única forma segura de alcançar minha realidade de então é buscar as leis e os ritos, as crenças e os valores que caracterizavam os meios pelos quais eu circulava (a escola, a família, a vida no interior), nos quais eu estava presa e que conduziam minha vida sem que eu percebesse suas contradições. Lançar luz sobre as linguagens que me constituíam, as palavras da religião, aquelas usadas por meus pais ligadas aos gestos e às coisas, os folhetins que eu lia no *Petit Écho de la mode* ou no *Les Veillées des chaumières*. Fazer uso dessas palavras — algumas das quais ainda exercem seu peso sobre mim — para decompor e remontar, ao redor da cena daquele domingo de junho, o texto que compunha meu mundo aos doze anos, quando achei que iria enlouquecer.

Naturalmente não procuro fazer uma narrativa, pois ela produziria uma realidade em vez de buscar uma. Também não vou me limitar a elencar e descrever as imagens da memória, mas gostaria de tratá-las como documentos que vão iluminar uns aos outros ao serem abordados de diferentes pontos de vista. Em suma, gostaria de ser etnóloga de mim mesma.

(É provável que eu não precise anotar todas essas coisas, mas não posso começar a escrever de verdade sem tentar ver claramente dentro das condições da minha escrita.)

Fazendo isso, talvez eu busque dissolver a cena indizível dos meus doze anos na generalidade das leis e da linguagem. Talvez seja ainda um ato louco e mortal, inspirado pelas palavras de um missal que agora é ilegível para mim, de um ritual que minha reflexão coloca ao lado de um tipo de cerimônia vodu, *pegue e leia, pois aqui está o meu corpo e o meu sangue, que será derramado por você.*

ATÉ JUNHO DE 1952, EU NUNCA TINHA SAÍDO do território ao qual nos referimos com uma expressão imprecisa, mas compreendida por todos: *em casa*, ou seja, o Pays de Caux, na margem direita do Sena, entre Le Havre e Rouen. Para além dessa região, começa o desconhecido, o resto da França e do mundo, que chamamos, com um gesto do braço para abarcar o horizonte, de *lá fora*, e que reúne ao mesmo tempo uma indiferença e a impossibilidade de habitá-lo. Só parece possível ir a Paris numa excursão, a não ser que se tenha algum parente morando na cidade que possa servir como guia. Pegar o metrô é uma experiência complicada, mais aterradora que entrar em um trem-fantasma num parque de diversões, e que exige um aprendizado que se supõe longo e difícil. Há uma crença geral de que não se pode ir a um lugar que já não se *conheça* e uma admiração profunda por aqueles ou aquelas que *não têm medo de ir a qualquer canto*.

As duas grandes cidades que ficam *em casa*, Le Havre e Rouen, suscitam menos apreensão, pois fazem parte dos discursos que habitam a memória familiar e as conversas mais corriqueiras. Muitos operários trabalham nessas cidades, saem de casa de manhã e voltam à noite de "*micheline*", o trem local. Em Rouen, mais próxima e mais importante que Le Havre, *tem de tudo*, isto é, lojas de departamento, médicos especialistas para todas as doenças, vários cinemas, uma piscina coberta para aprender a nadar, o parque de diversões Saint-Romain, montado durante o mês de novembro, bondes, salões de chá e grandes hospitais que internam pacientes para cirurgias delicadas, tratamentos de desintoxicação e eletrochoques. Fora aqueles que trabalham como operários nas obras da reconstrução, ninguém visita a cidade usando uma roupa de "todos os dias". Uma vez por ano, minha mãe me leva a Rouen para a consulta com o oculista e para trocar meus óculos. Ela aproveita a viagem para comprar produtos de beleza e artigos que "não encontramos em Y.". Não nos sentimos realmente em casa, pois não conhecemos ninguém. Parece que as pessoas se vestem melhor e falam de modo mais correto. Em Rouen, nos sentimos um pouco "atrasados" no que se refere à modernidade, à inteligência e à desenvoltura nos gestos e na fala. Para mim, Rouen é uma das imagens do futuro, assim como os romances-folhetins e os jornais da moda.

Em 1952, não consigo me imaginar fora de Y. Fora de suas ruas, suas lojas, seus moradores que me chamam de Annie D. ou "a menina D.". Para mim, não existe outro mundo. Todos os assuntos contêm Y.: ao falar da vida e dos nossos desejos, sempre temos em vista suas escolas, sua igreja, seus comerciantes de novidades e suas festas. Essa cidade de sete mil habitantes entre Le Havre e Rouen é a única na qual podemos dizer, sobre a maior parte de seus moradores, "ele ou ela mora em tal rua, tem tantos filhos, trabalha em tal lugar", na qual podemos indicar os horários das missas e do cinema Leroy, qual a melhor confeitaria ou o açougueiro mais honesto. Como meus pais nasceram nela e, antes deles, seus pais e avós em vilarejos vizinhos, não há nenhuma outra cidade sobre a qual tenhamos um saber tão vasto, seja no tempo ou no espaço. Eu sei quem morava havia cinquenta anos na casa ao lado da nossa, onde minha mãe comprava pão voltando da escola municipal. Cruzo na rua com homens e mulheres com os quais meus pais, antes de se conhecerem, estiveram a ponto de se casar. As pessoas "que não são daqui" são aquelas sobre as quais não temos qualquer conhecimento, cuja história de vida é desconhecida, ou inaveriguável, e que não conhecem o nosso passado. Bretões, marselheses ou espanhóis, todos aqueles que não falam "como nós" pertencem, em diferentes níveis, ao grupo dos estrangeiros.

(Nomear essa cidade — como fiz outras vezes — é impossível aqui, pois não me refiro ao lugar geográfico marcado num mapa, que atravessamos indo de Rouen a Le Havre de trem ou de carro pela estrada Nationale 15. Ela é o lugar de origem sem nome no qual me sinto, quando volto para lá, tomada por um torpor que me esvazia de todos os pensamentos, de quase todas as lembranças precisas, como se ela fosse me engolir novamente.)

Topografia de Y. em 1952.

O centro, devastado por um incêndio durante o avanço alemão em 1940, e em seguida bombardeado em 1944, como o resto da Normandia, está em processo de reconstrução. Ele exibe uma mistura de canteiros de obras, terrenos baldios e prédios de concreto de dois andares, com comércios recentes no andar térreo, de alojamentos provisórios e antigos edifícios poupados pela guerra, a prefeitura, o cinema Leroy, o correio, o mercado coberto. A igreja foi queimada, então o auditório de uma associação que ficava na praça da prefeitura cedeu espaço para suas atividades: a missa ocorre no palco, diante das pessoas sentadas no chão ou na galeria que fica em torno do auditório.

Ao redor do centro irradiam ruas asfaltadas ou pavimentadas, ladeadas de sobrados de tijolo ou de pedra, e calçadas, propriedades isoladas por trás das grades, ocupadas por notários, médicos, diretores etc. Também estão ali as escolas públicas e particulares, afastadas umas das outras. Já não é mais o centro, mas ainda é dentro do vilarejo. Um pouco além se estendem bairros nos quais os moradores dizem, quando vão ao centro, que vão "ao vilarejo" ou mesmo "a Y.". O limite entre o centro e os bairros é geograficamente indefinido: nota-se pelo fim das calçadas, pela presença de mais casas velhas (com as vigas de madeira aparentes, com dois ou três cômodos no máximo, sem água encanada, com os banheiros do lado de fora), algumas hortas, cada vez menos comércio — com exceção de uma mercearia-café que vende também carvão — e o aparecimento das zonas mais antigas da cidade. Porém, na prática, é bem claro para todo mundo: o centro é aonde ninguém vai fazer compras de chinelo ou de macacão de trabalho. Os bairros vão perdendo o valor à medida que se afastam do centro e que as casas luxuosas se tornam mais escassas, e os quarteirões de casas com um pátio compartilhado se tornam mais numerosos. As regiões mais afastadas, com caminhos de terra e lama quando chove e granjas por trás dos declives, já pertencem a áreas rurais.

O bairro de Clos-des-Parts se estende do centro até a Pont de Cany, entre a Rue de la République e o bairro de Champ-de-Courses. Seu eixo principal é a Rue du Clos-des-Parts, que vai da estrada de Le Havre — atravessando o centro — até a Pont de Cany. A loja dos meus pais está situada na parte baixa dessa rua — dizemos que vamos "subir para a cidade" — na esquina de uma viela de pedra que encontra a Rue de la République. Assim, é possível pegar essa rua ou a Rue du Clos-des-Parts para ir à escola particular, no centro, pois as duas são paralelas. Mas elas são opostas em tudo. A Rue de la République, larga, asfaltada, com calçadas dos dois lados, é frequentada pelos carros e ônibus que vão na direção da costa e das praias, a vinte e cinco quilômetros. Na parte alta da rua, há casas imponentes, cujos moradores não conhecemos, nem mesmo "de vista". A presença de uma oficina da Citroën, de algumas casas geminadas que dão diretamente para a rua ou de um mecânico que conserta bicicletas na parte baixa não tira da rua seu caráter nobre. Antes de chegar à ponte, à direita, debaixo da linha férrea da SNCF, há dois imensos reservatórios, um cheio de uma água preta, o outro com uma água esverdeada por causa dos musgos na superfície, e, entre eles, uma estreita passagem de terra. É o pântano da linha férrea, o lugar em Y. no qual a morte está à espreita; as mulheres vêm do outro lado da cidade para se afogar ali. Como o pântano não pode ser visto da Rue de la République, da qual fica separado por uma ribanceira oculta atrás de uma cerca viva espessa, é como se não fizesse parte da rua.

A Rue du Clos-des-Parts é estreita, irregular, sem calçadas, com descidas bruscas e curvas acentuadas, e tem pouco tráfego, restrito sobretudo a operários em suas bicicletas que passam por ela à noite para chegar à estrada de Le Havre. À tarde, ela é preenchida pelo silêncio e pelos barulhos distantes do campo. Há algumas casas luxuosas de gente que tem um negócio próprio, com suas oficinas ao lado, muitas casas térreas velhas, coladas umas nas outras, de funcionários e operários. A Rue du Clos-des-Parts desemboca em quatro caminhos sinuosos, inacessíveis de carro, dando no imenso bairro de Champ-de-Courses, que se estende até o terreno hípico, dominado pelos idosos do asilo. É um bairro sombrio, com cercas vivas e jardins diante de casas velhas onde há mais pessoas "economicamente vulneráveis" que em outros lugares, assim como mais famílias numerosas e gente mais velha. Indo da Rue de la République aos canteiros do Champ-de-Courses, passa-se, em menos de trezentos metros, da opulência à pobreza, da urbanidade ao rural, dos espaços abertos aos apertados. Das pessoas com uma vida reservada, sobre as quais nada sabemos, àquelas de quem sabemos tudo — quanto recebem de benefícios do Estado, o que comem e bebem, a que horas vão dormir.

(Descrever pela primeira vez, sem nenhuma regra para isso além da precisão, ruas que nunca foram pensadas por mim, mas só percorridas durante a infância, é tornar legível a hierarquia social que elas continham. Uma sensação quase de sacrilégio: substituir a topografia suave das lembranças, feita de impressões, cores, imagens (a casa Edelin! a glicínia azul! as amoreiras do Champ-de-Courses!), por outra, feita de linhas duras que lhe tiram o encanto, mas cuja verdade evidente não pode ser contestada nem pela memória: em 1952, para mim bastava olhar as grandes fachadas por detrás de um gramado e de caminhos de cascalho para saber que seus moradores *não eram como nós*.)

Em casa é uma expressão que também designa:
1) o bairro
2) a casa e a loja de meus pais, de modo indissolúvel.

O café-mercearia-armazém está situado num conjunto de velhas casas baixas com estruturas de vigas de madeira amarelas e marrons, e flanqueado, nas duas extremidades, por uma construção mais recente de tijolo, com um andar, que dá para um terreno que liga a Rue de la République à Rue du Clos-des-Parts. Moramos na parte que dá para essa última rua e para a casa de um velho jardineiro, que tem o direito de passar pelo nosso pátio. A mercearia, com um único quarto no andar de cima, ocupa a parte nova, de tijolo. A porta de entrada e uma vitrine dão para a Rue du Clos-des-Parts; uma segunda vitrine dá para o pátio, por onde é preciso passar para se chegar ao café, na parte mais antiga. A partir da mercearia, seguem-se quatro cômodos: a cozinha, a sala do café, a adega, um anexo chamado de "quartinho dos fundos" — todos se comunicando entre si e dando para o pátio (com exceção da cozinha, encaixada entre a mercearia e o café). Nenhum dos cômodos do térreo é de uso privado, nem mesmo a cozinha, que costuma servir de passagem para os clientes irem da mercearia para o café. A ausência de porta entre o café e a cozinha permite que meus pais fiquem em contato com os clientes e que estes possam aproveitar o rádio. Uma escada encurvada vai da cozinha até um quartinho em mansarda que serve de ligação entre o quarto da esquerda e o sótão à direita. Nesse quartinho fica o urinol, que normalmente é usado por mim e pela minha mãe; pelo meu pai, apenas à noite (de dia, ele usa, como os clientes, o mictório situado no pátio, um barril encaixado no meio de tábuas). O banheiro no jardim é usado por nós no verão e pelos clientes durante todo o ano. Exceto quando o tempo está bom e posso ficar do lado de fora, costumo ler e fazer meus deveres no alto da escada, à luz de uma lâmpada. Dali, consigo ver tudo através das grades, sem ser vista.

O pátio forma uma espécie de caminho largo, em terra batida, entre a casa e os anexos usados para a loja. Atrás deles, um espaço ao abrigo com tocas de coelhos, uma lavanderia, o banheiro, um cercado com um galinheiro, uma pequena área com grama.

(É aqui que estou, num fim de tarde dos últimos dias de maio ou começo de junho, antes da cena. Terminei de fazer meus deveres de casa, tudo está tranquilo. Tenho um sentimento de futuro. O mesmo que tenho em meu quarto, cantando a plenos pulmões "México" e "Viagem a Cuba" — o sentimento de quando temos a vida inteira pela frente.)

Quando voltamos da cidade e começamos a ver a mercearia avançando um pouco na rua, minha mãe diz: *Estamos chegando ao castelo*. (Com um misto de orgulho e escárnio.)

A loja fica aberta o ano inteiro, das sete da manhã às nove da noite sem pausa, exceto aos domingos à tarde, em que fecha até a noite, mas o café reabre às seis horas. As idas e vindas dos clientes, o modo como eles vivem e trabalham, determinam o nosso uso do tempo, tanto na parte do café (masculina) quanto na da alimentação (feminina). Um pouco de silêncio à tarde, em meio ao rumor contínuo do dia. Minha mãe aproveita essa hora para arrumar a cama, fazer uma prece, costurar um botão; meu pai vai cuidar de uma grande horta que ele aluga perto de casa.

Quase toda a clientela dos meus pais mora nas partes baixas das ruas Clos-des-Parts e République, no bairro de Champ-de-Courses e numa zona meio rural, meio industrial que se estende para além da linha férrea. Dela faz parte o bairro da Corderie, cujo nome vem da fábrica de cordas onde meus pais trabalharam quando jovens e que foi substituída, depois da guerra, por uma confecção de roupas e uma fábrica de gaiolas para pássaros. Por ali passa uma única rua, paralela à linha férrea, que, depois das fábricas, desemboca numa planície na qual estão armazenadas centenas de tábuas de madeira destinadas à fabricação das gaiolas. É o bairro ligado a minha família: onde minha mãe morou da adolescência até o casamento; onde moram ainda um de seus irmãos, duas irmãs e sua mãe. A casa onde minha avó vive com uma de minhas tias e seu marido é a antiga cantina, também vestiário, da fábrica de cordas: um galpão com cinco compartimentos pequenos, num terreno mais alto, cujo chão treme e ecoa forte, sem eletricidade. No

Ano-Novo, toda a família se reúne no quarto onde mora minha avó — os adultos em torno da mesa para beber e cantar; as crianças, na cama encostada na parede. Nos domingos da minha primeira infância, minha mãe me levava para dar um beijo na minha avó, depois íamos à casa do meu tio Joseph, onde eu brincava com minhas primas num balanço enorme que ficava em cima das tábuas de madeira, ou ficávamos vendo os trens passando para Le Havre e acenando, ou então *falando com os meninos* que conhecíamos. Tenho a impressão de que, em 1952, só íamos muito esporadicamente à casa do meu tio.

Descer do centro para o bairro de Clos-de-Parts, depois para a Corderie, é passar também de um lugar no qual se fala bem francês para outro no qual se fala mal, isto é, no qual o francês aparece misturado com o patoá em proporções variadas, de acordo com a idade, o tipo de trabalho e o desejo de se instruir. Enquanto as pessoas mais velhas, como minha avó, usam praticamente só o dialeto, as moças que trabalham nos escritórios se limitam a algumas expressões do patoá e certa entonação da voz. Todo mundo considera o dialeto feio e velho, mesmo os que o empregam bastante, e que se justificam dizendo "a gente sabe falar direito, mas assim é mais rápido". Falar bem pressupõe um esforço, buscar outra palavra no lugar daquela que vem espontaneamente, empregar uma voz mais leve, cautelosa, como se estivéssemos manipulando objetos delicados. A maioria dos adultos não julga necessário "falar francês", considerado bom apenas para os jovens. Meu pai diz com frequência "eu teve" ou "eu esteve", e, quando eu o corrijo, ele pronuncia "eu tive" com um jeito afetado, dizendo uma sílaba por vez e acrescentando, com seu tom habitual, "se é como você quer", dando a entender com essa concessão que pouco lhe importa falar corretamente.

Em 1952 escrevo em "francês correto", mas com certeza digo "d'onde você volta", em vez de "quando", e uso a expressão "me dessujar" para "me lavar", como meus pais, pois compartilhamos a mesma experiência de mundo. É ela que define os gestos para sentar, rir, pegar os objetos, e as palavras que determinam o que é preciso fazer com o corpo e com as coisas. Todas as formas de:

não desperdiçar comida e aproveitar ao máximo: fazer cubinhos de pão, ao lado do prato, para mergulhar no molho — comer o purê muito quente pelas beiradas ou soprar em cima para esfriar — virar o prato para que a colher pegue a sopa do fundo ou segurá-lo com as duas mãos e sorver — tomar água durante a refeição para empurrar a comida

manter-se limpo sem *usar água demais*: utilizar só uma bacia para lavar o rosto, os dentes e as mãos, e as pernas no verão porque elas sujam — usar roupas que *disfarçam a sujeira*

matar e preparar os bichos que comemos com gestos muito precisos: um soco atrás das orelhas do coelho, uma tesoura aberta na garganta da galinha imobilizada entre as pernas, um golpe com uma pequena foice para cortar a cabeça do pato sobre um pedaço de madeira

manifestar desdém em silêncio: erguer os ombros, dar as costas e bater no quadril com um gesto vigoroso.

Os gestos cotidianos que diferenciam as mulheres dos homens:

aproximar o ferro de passar da bochecha para verificar se está quente, ficar de quatro para esfregar o chão, ou com as pernas afastadas para colher a comida dos coelhos, cheirar as meias e as calcinhas à noite

cuspir na palma da mão antes de segurar uma pá, guardar um cigarro atrás da orelha para mais tarde, sentar numa cadeira como se estivesse montando um cavalo, fechar o canivete fazendo um clique e guardar no bolso.

As expressões de cortesia, *com prazer! Sente-se, não vai sair mais caro*.

As frases que unem misteriosamente o corpo ao futuro, ao resto do mundo, *pode fazer um pedido porque tem um cílio no seu rosto, minha orelha esquerda está queimando então estão falando bem de mim*, e, claro, aos fenômenos naturais, *estou sentindo meu calo, vai chover*.

As ameaças carinhosas ou severas feitas às crianças, *vou cortar sua orelha — desce daí ou vai levar um tapa*.

As brincadeiras que escondem manifestações de ternura, *cuida da sua vida que a minha já se foi, acariciar cachorro dá pulga* etc.

Por causa da cor da poeira das demolições e reconstruções do pós-guerra, dos filmes e dos livros didáticos em preto e branco, dos sobretudos e casacos escuros, vejo o mundo de 1952 num tom acinzentado uniforme, como os antigos países do Leste Europeu. Mas havia as rosas, as clematites e as glicínias que transbordavam por trás das cercas do bairro, os vestidos azuis com detalhes em vermelho como o da minha mãe. As paredes do café eram forradas com um papel com flores cor-de-rosa. Faz sol no domingo da cena. Mas é um mundo ritual e silencioso, cujos barulhos isolados, ligados a gestos ou a atividades conhecidas de todos, marcam a hora e a estação: o ângelus do asilo, que soa para indicar a hora de acordar e de dormir dos velhos, a sirene da fábrica têxtil, os carros no dia de fazer compras, os latidos dos cachorros e o ruído surdo da enxada sobre a terra na primavera.

A semana se divide em "dias de", definidos pelas funções coletivas e familiares e por programas de rádio. Segunda-feira, dia morto, de restos e de pão dormido, de *Crochet radiophonique* na

Radio-Luxembourg. Terça-feira, dia de lavar a roupa e de *Reine d'un jour*; quarta, dia das compras e do cartaz do próximo filme no cinema Leroy, *Quitte ou double*. Quinta, folga, estreia de *Lisette*. Sexta, dia de peixe; sábado, de faxina e de lavar o cabelo. Domingo, dia da missa, rito principal que ordena os demais, dia de trocar a roupa íntima, estrear uma roupa nova, os doces na confeitaria e alguma "coisinha a mais", as obrigações e as distrações.

Durante a semana, todas as noites, às sete e vinte, *La famille Duraton*.

E o tempo da vida se distribui por "estar na idade de": fazer a primeira comunhão e ganhar um relógio, a primeira permanente no cabelo para as meninas, o primeiro terno para os meninos

ter a primeira menstruação e poder usar meia-calça

idade de poder tomar vinho nas refeições em família, de ganhar um cigarro, de ficar à mesa quando contam piadas obscenas

de trabalhar e ir às festinhas, de começar a sair com alguém

de fazer o serviço militar

de ver filmes divertidos

idade de casar e ter filhos

de se vestir de preto

de parar de trabalhar

de morrer.

Aqui nada é pensado, tudo é cumprido.

As pessoas não param de se lembrar. "Antes da Guerra" e "durante a Guerra" são expressões que constantemente marcam o início das conversas. Não há encontros familiares ou entre amigos que não evoquem a Derrota, a Ocupação e os bombardeios, cada um dando sua contribuição para a reconstituição da epopeia, descrevendo sua cena de pânico ou de horror, lembrando do frio que fez no inverno de 1942, do nabo, das sirenes, e imitando o estrondo dos mísseis V2 no céu. O Êxodo suscita narrativas mais líricas, tradicionalmente encerradas por um "na próxima guerra, fico em casa" ou "espero que nunca mais aconteça uma coisa dessas". Brigas começam no café entre os que foram vítimas de gases tóxicos na guerra de 1914 e os prisioneiros de 1939-45, tratados como impostores.

Apesar de tudo, sempre invocam o *progresso* como uma força inelutável contra a qual não se pode nem se deve resistir, cujos sinais se multiplicam, como o plástico, as meias de náilon, a caneta esferográfica, a motocicleta, sopa em saquinho e educação para todos.

Aos doze anos, eu vivia nos códigos e nas regras desse mundo, sem poder suspeitar da existência de outros.

Os bons pais tinham o dever de repreender e corrigir as crianças, que eram consideradas malcriadas por natureza. Dos "tapas" às "correções", todos os castigos físicos eram autorizados. Eles não significavam rigidez excessiva, nem maldade, desde que os pais se esforçassem para mimar a criança de outras formas e que não ultrapassassem a medida. Com frequência um pai terminava de contar uma história sobre a malcriação de um filho e do castigo dado dizendo "por mim tinha acabado com ele", cheio de orgulho: por ter, ao mesmo tempo, infligido uma punição e resistido ao excesso fatal de cólera que tamanha infração poderia justificar. Foi por medo de acabar comigo que meu pai sempre se recusou a levantar a mão para mim, e mesmo me repreender, deixando esse papel para a minha mãe. *Sua desleixada! Porcalhona! Vai aprender na marra!*

Todo mundo vivia vigiando todo mundo. Era obrigatório conhecer a vida dos outros — para poder contá-la — e proteger a sua própria — para que ela não fosse contada pelos outros. Estratégia difícil entre "arrancar" uma informação de alguém sem deixar que a pessoa arrancasse algo de você, só "aquilo que de fato queremos que seja dito". A distração preferida das pessoas era encontrar umas com as outras. Isso acontecia na saída do cinema, nas chegadas dos trens, à noite, na estação. O simples fato de as pessoas estarem reunidas parecia uma justificativa suficiente para se juntar a elas. Um desfile de tochas ou a passagem de uma corrida de ciclistas pela cidade eram uma ocasião para desfrutar tanto da presença dos que estavam lá quanto do espetáculo em si, e de voltar para casa contando quem tinha estado e com quem. Observávamos os comportamentos, analisávamos as condutas em seus mínimos detalhes, recolhendo sinais cujo acúmulo e interpretação permitam construir a história dos outros. Um romance coletivo, com a contribuição de todos, por um fragmento de narrativa aqui, um detalhe ali, acrescido ao sentido geral que, segundo as pessoas reunidas numa loja ou à mesa, podia se resumir a "é uma pessoa boa" ou "não vale nada".

As conversas classificavam os gestos das pessoas e seu comportamento em categorias como bem e mal, permitido — e até aconselhável — ou inadmissível. Reprovavam totalmente os divorciados, os comunistas, os concubinos, as mães solteiras, as mulheres que bebiam, as que abortavam, as que tiveram suas cabeças raspadas na Libertação, as que não cuidavam da casa etc. Reprovavam mais moderadamente as moças que engravidavam antes do casamento, os homens que se *divertiam no café* (*divertir-se* era um privilégio das crianças e dos mais jovens) e a conduta masculina de modo geral. Louvavam uma postura enérgica no trabalho, capaz, senão de redimir algum mau comportamento, ao menos de torná-lo tolerável — *bebe, mas dá duro no trabalho*. Ter saúde era uma qualidade; *fulano não tem saúde* era uma acusação e despertava compaixão. De todo modo, a doença estava confusamente maculada pelo erro, como uma falta de cuidado do indivíduo com relação a seu destino. Dificilmente as pessoas tinham o direito de ficar entregues a uma doença: sempre recaía sobre elas a suspeita de estarem *olhando demais para o próprio umbigo*.

Nas histórias contadas para as crianças, as atrocidades surgiam de forma natural, e até necessária, como para pôr a todos de sobreaviso contra uma desgraça que, contudo, era difícil de prevenir, fosse ela uma doença ou um acidente. Por meio de um detalhe, fixava-se uma imagem que, depois, seria impossível esquecer. "Ela sentou sobre duas cobras", "ele tem um osso apodrecendo na cabeça". Quase sempre insistiam no horror que viria no lugar do prazer esperado, por exemplo, as crianças estavam brincando tranquilamente com um objeto brilhante, e era uma granada etc.

Emocionar-se com facilidade e ser *impressionável* provocava reações de surpresa e curiosidade. Era melhor dizer *não senti nada*.

As pessoas eram avaliadas em função de seu grau de sociabilidade. Era preciso ser simples, honesto e bem-educado. As crianças "sorrateiras" e os trabalhadores de "mau caráter" transgrediam as regras exigidas nas conversas com os outros. Quem buscava ficar sozinho era visto com maus olhos, sob pena de parecer um "urso". Querer viver sozinho — gesto desprezível para moças e rapazes mais velhos — e não falar com ninguém eram comportamentos entendidos pelos outros como uma recusa em fazer algo que revelava dignidade humana: *eles vivem como selvagens!* Também era uma forma de mostrar abertamente que não se estava interessado naquilo que é mais interessante, a vida dos outros. Em outras palavras, significava *não ter bons modos*. Por outro lado, fazer visitas aos vizinhos e amigos com muita assiduidade, "estar sempre enfiado" na casa de fulano ou sicrano, era igualmente repreensível: demonstrava uma falta de orgulho.

Ser bem-educado era uma virtude suprema, o primeiro princípio de julgamento social. Isso consistia, por exemplo, em: *retribuir*, fosse uma refeição ou um presente — ficar atento à ordem por idade na hora de desejar Feliz Ano-Novo —, não *incomodar* as pessoas indo à casa delas sem avisar ou fazendo perguntas de forma muito direta, não *ofender* os outros recusando um convite, ou um biscoito oferecido por alguém etc. Ser educado permitia *estar bem* com as pessoas e não dar espaço para comentários: evitar olhar para dentro das casas ao passar pelo pátio comum não significava que não queríamos olhar, mas sim que não queríamos ser vistos enquanto tentávamos olhar. Os cumprimentos na rua, um bom-dia dado ou recusado, o modo como esses rituais se davam ou não — de forma distante ou alegre, parando para um aperto de mão e uma troca de palavras ou passando reto — eram objeto de uma atenção minuciosa, de suposições variadas: *acho que ele não me viu*, *devia estar com pressa*. Não podiam perdoar aqueles que negavam a existência dos outros *sem olhar para ninguém*.

Considerada como uma barreira de proteção, a educação entre marido e mulher, entre pais e filhos, era considerada inútil e até mesmo percebida como uma hipocrisia ou maldade. Gestos rudes, raiva e gritaria constituíam formas normais de se comunicar em família.

Ser como todo mundo era o objetivo geral, o ideal a ser conquistado. A originalidade passava por excentricidade, era um sinal de que a pessoa *tinha um parafuso a menos*. Todos os cachorros do bairro se chamavam Miquet ou Boby.

No café-mercearia, vivemos no meio de "todo mundo", como chamamos a clientela. Eles nos veem comer, ir à missa, à escola, escutam-nos quando nos lavamos num canto da cozinha ou usamos o urinol. Estar exposto dessa forma obriga a ter uma conduta respeitável (não se insultar, não dizer palavrões, nem falar mal dos outros), a não expressar nenhuma emoção, raiva ou tristeza, e a esconder tudo o que possa ser objeto de inveja, de curiosidade ou que possa ser *contado por aí*. Sabemos muita coisa sobre os clientes, os recursos financeiros de cada um e a forma como vivem, mas há um acordo implícito de que eles não devem saber nada sobre nós, ou o mínimo possível. Assim, "diante de todo mundo", somos proibidos de dizer quanto custou um par de sapatos, reclamar de dor de barriga ou contar das notas altas na escola. Além disso, temos o hábito de jogar um pano de prato sobre um doce da confeitaria e de esconder sob a mesa a garrafa de vinho quando chega um cliente. De esperar até que todos tenham saído para brigar. Se não, *o que vão pensar da gente?*

Entre os itens que me dizem respeito no código de excelência dos comerciantes:

dar bom-dia em voz alta e clara a cada vez que entro ou passo na loja ou no café

ser a primeira a cumprimentar os clientes onde quer que os encontre

não contar aos outros as histórias que sei sobre cada um deles, não falar mal deles nem de outros comerciantes
nunca revelar quanto foi o caixa do dia
não me *achar*, nem *contar vantagem de nada*.

Sei bem o quanto me custa a menor infração a qualquer dessas regras — *você vai nos fazer perder os clientes*, tendo como consequência *ir à falência*.

Ao revelar as regras do meu mundo aos doze anos, sinto, de modo vago, um imperceptível peso, uma sensação de encerramento, semelhante ao que sinto em sonhos. As palavras que encontro são opacas, pedras impossíveis de se mexer. Desprovidas de uma imagem precisa. Desprovidas até de um sentido que o dicionário poderia fornecer. Sem transcendência nem sonhos ao seu redor: como algo material. Palavras feitas para o uso, ligadas indissoluvelmente às coisas e às pessoas da minha infância, palavras que não posso manipular. Tábuas da lei.

(As palavras que me faziam sonhar em 1952, *La reine de Golconde*, *Crepúsculo dos deuses*, *ice cream*, *pampa* — elas nunca terão um peso, conservaram a leveza e o exotismo de outrora, de quando só remetiam a coisas desconhecidas. E os muitos adjetivos que os romances femininos idolatravam — uma postura *soberba*, um tom *rabugento*, *arrogante*, *altivo*, *sarcástico*, *acerbo* —, termos que eu sequer suspeitava que poderiam ser usados para qualificar uma pessoa real, do meu convívio. Tenho a sensação de que sempre busco escrever nessa língua material de então, e não com as palavras e com uma sintaxe que não me ocorriam, que não me ocorreriam naquela época. Nunca vou conhecer o encanto das metáforas, a alegria do estilo.)

Quase não havia palavras para expressar os sentimentos. *Caí feito um patinho*, para a desilusão, *eu fiquei mal*, para o desgosto. *Me deixa mortificada*, para lamentar quando se tem de deixar um doce no prato e a tristeza de perder um noivo. E *afundar na desgraça*. A língua sentimental estava presente nas canções de Luis Mariano e de Tino Rossi, nos romances de Delly, nos folhetins do *Petit Écho de la mode* e do *La Vie en fleurs*.

AGORA VOU RECONSTRUIR O UNIVERSO da escola particular católica, na qual eu passava a maior parte do tempo e que, certamente, dominava a maior parte da minha vida, unindo e confundindo indissoluvelmente dois imperativos e dois ideais, a religião e o saber.

Eu era a única da família a ir para uma escola particular; meus primos e primas que moravam em Y. frequentavam a escola pública, assim como as meninas do bairro, com exceção de duas ou três que eram mais velhas.

O grande prédio de tijolos vermelho-escuros do pensionato ocupava um lado inteiro de uma rua silenciosa e sombria no centro de Y. Em frente, havia a fachada cega dos armazéns que deviam pertencer aos Correios. Nenhuma janela no andar térreo, algumas aberturas arredondadas no alto para entrar luz e duas portas sempre fechadas. Uma delas para a entrada e a saída das alunas, dando para um pátio coberto e aquecido que conduzia à capela. A outra porta, distante da primeira, era interditada para as alunas. Ali era preciso tocar e aguardar que uma religiosa nos conduzisse a uma pequena salinha, diante do escritório da diretora e do locutório. No primeiro andar, as janelas correspondiam às salas de aula e a um corredor. As janelas do segundo andar e as frestas presentes na parte superior do prédio eram cobertas por cortinas brancas opacas. Ali ficavam os dormitórios. De lá, era proibido olhar de qualquer janela para a rua.

Ao contrário da escola pública, mais descentrada, na qual era possível ver, por trás das grades, os alunos brincando num pátio imenso, nada do pensionato ficava à vista para quem olhasse de fora. Havia dois pátios para o recreio. Um pavimentado, sem sol, coberto pela folhagem de uma árvore alta, reservado para as poucas alunas da chamada "escola livre", composta de órfãs de um estabelecimento situado ao lado da prefeitura e por meninas cujos pais não tinham condições de pagar pelo externato. Uma única professora dava todas as aulas, do ensino fundamental ao sexto ano, até o qual era raro elas chegarem, pois iam direto para o "ensino doméstico". O outro pátio, grande e ensolarado, era reservado às alunas que pagavam pelo pensionato propriamente dito — filhas de comerciantes, de artesãos e agricultores — e se estendia por todo o comprimento do refeitório e da área coberta que atravessávamos para ir às aulas do primeiro andar. De um lado, ele dava na capela com janelas de vidro e grades e, do outro, numa parede que o separava da escola livre — e na qual se encostavam, de um lado e de outro, os banheiros sempre sujos. No fundo do pátio, paralelo ao prédio do pensionato, um caminho de tílias frondosas, sob as quais as meninas pequenas brincavam de amarelinha e as maiores estudavam para as provas. Atrás desse caminho, uma horta e um pomar cujo limite — uma alta parede — não se via, salvo no inverno. Os dois pátios se comunicavam por meio de uma abertura na parede dos banheiros. As vinte alunas da escola livre e as cento e cinquenta ou duzentas do pensionato só se viam nas festas e na primeira comunhão, e nunca se falavam. As meninas do pensionato reconheciam as da escola livre por causa das roupas, que às vezes tinham sido suas e que seus pais tinham doado às necessitadas quando ficaram velhas.

Os únicos homens que tinham direito de entrar normalmente e circular pela escola particular eram os padres e o jardineiro, que ficava sempre isolado no porão ou no jardim. As obras que exigiam a presença de pedreiros aconteciam durante as férias de verão. A diretora e mais da metade das professoras eram religiosas e se vestiam de preto, azul-marinho ou marrom e eram chamadas de "senhoritas". As outras, solteiras, muitas delas elegantes, pertenciam a famílias burguesas da cidade, de comerciantes ilustres.

Entre as regras a serem seguidas à risca:

formar uma fila no pátio coberto ao tocar o primeiro sinal, acionado a cada vez por uma professora, e subir para as salas em silêncio ao segundo sinal, cinco minutos depois

não pôr as mãos no corrimão da escada

levantar quando uma professora, um padre ou a diretora entram na sala, ficar em pé até que eles saiam — exceto quando vier deles algum gesto para que as alunas se sentem —, apressar-se em abrir a porta para que eles saiam e fechá-la em seguida

a cada vez que nos dirigimos às professoras ou passamos por elas, abaixar a cabeça, os olhos e a parte superior do corpo, da mesma forma que fazemos na igreja diante do Santo Sacramento

proibição a todas as externas e, durante o dia, a todas as internas, de subir ao dormitório. É o lugar mais proibido do pensionato. Nunca estive lá durante toda minha vida escolar exceto nos casos em que se tem um atestado médico, é proibido ir ao banheiro fora da hora do recreio. (Na tarde depois do feriado da Páscoa de 1952, tive vontade de ir desde o começo da aula. Fiquei segurando até a hora do recreio, suando frio e quase desfalecendo, morrendo de pânico de borrar a calça.)

O ensino e a religião não estão separados nem no espaço nem no tempo. Todos os lugares, com exceção do pátio do recreio e dos banheiros, são lugares para rezar. A capela, evidentemente; a sala de aula, com o crucifixo na parede bem em cima da mesa da professora; o refeitório e o jardim, no qual, no mês de maio, rezamos o rosário diante de uma estátua da Virgem posta sobre um pedestal e situada no fundo de uma gruta de folhagem imitando a Virgem de Lourdes. As orações marcam o início e o término de todas as atividades escolares. Falamos cada oração de pé, atrás do banco, com a cabeça baixa, os dedos cruzados, fazendo, no início e no fim, o sinal da cruz.* As mais longas inauguram as aulas da manhã e da tarde. Às oito e meia, *Pai Nosso que estás no céu*, *Ave-Maria*, *Creio em Deus Pai Todo-poderoso*, *Confesso a Deus*, *Atos de fé*, *esperança*, *caridade e contrição*, às vezes *Lembrai-vos ó puríssima Virgem Maria*. À uma e meia, *Pai-nosso* e dez *Ave-Marias*. As mais curtas, normalmente substituídas por um cântico no começo do recreio e na saída da manhã e do fim de tarde. As internas devem fazer o dobro de orações, desde o momento em que acordam até se deitarem.

A oração é o ato essencial da vida, o remédio individual e universal. É preciso rezar para se tornar uma pessoa melhor, afastar a tentação, passar em matemática, curar as doenças e conver-

* Sinal que efetuamos levando a mão direita à cabeça, depois ao peito, ao ombro esquerdo e em seguida ao direito, de preferência segurando a cruz do terço que, no fim, baixamos. (N.A.)

ter os pecadores. Todas as manhãs, desde o jardim da infância, comenta-se o mesmo livro, o catecismo. A instrução religiosa figura no cabeçalho das matérias nos cadernos. Pela manhã, oferecemos o dia a Deus e todas as atividades são voltadas para Ele. O objetivo da vida é estar sempre em "estado de graça".

Aos sábados pela manhã, uma aluna mais velha vem recolher em todas as salas os bilhetes da confissão (um papel em que se deve anotar o nome e a turma). À tarde se instaura um revezamento bem organizado: a aluna que acaba de se confessar ao capelão na sacristia recebe dele um bilhete com o nome da menina que ele deseja ver e ouvir. A primeira menina vai até a sala indicada, diz o nome em voz alta; a outra se levanta e vai, por sua vez, à capela, e assim por diante. O respeito às práticas religiosas, como a confissão e a comunhão, parece importar mais que o conhecimento: "É possível tirar dez em tudo e não agradar a Deus". No fim de cada trimestre, o arcipreste da igreja, acompanhado pela diretora, lê os resultados e os "quadros de honra", entregando uma imagem religiosa grande às melhores alunas e uma pequena às demais. Ele assina e data o verso das imagens.

O tempo escolar está inscrito num outro tempo, o do missal e do Evangelho, que determina o tema do ensino religioso cotidiano anterior ao ditado: tempo do Advento, do Natal — um presépio com estatuetas é instalado na sala de aula perto da janela, até a Candelária —, tempo da Quaresma, dividida em domingos da septuagésima, sexagésima etc., tempo da Páscoa, da Ascensão, de Pentecostes. A cada ano, todos os dias, a escola particular nos faz reviver a mesma história e nos mantém imersos na familiaridade de personagens invisíveis e onipresentes, nem mortos nem vivos, os anjos, a Virgem Santa, o menino Jesus, cuja vida conhecemos melhor que a vida dos nossos avós.

(Só consigo enunciar e descrever as regras desse universo usando o presente, como se elas continuassem sendo tão imutáveis como eram para mim aos doze anos. À medida que remonto a esse universo, fico mais atemorizada pela sua força e coerência. Porém, eu devia viver nele com tranquilidade, sem desejar nada diferente. Afinal suas leis eram invisíveis em meio ao suave cheiro de comida e de cera que flutuava pelas escadas, aos rumores do recreio e ao silêncio atravessado por escalas musicais de uma aula particular de piano.

E devo admitir o seguinte: nada pode mudar o fato de que, até a adolescência, a crença em Deus foi para mim a única normalidade, e a religião católica, a única verdade. Posso ler *O ser e o nada*, posso achar graça vendo o *Charlie Hebdo* chamar o papa João Paulo II de "travesti polonês", mas não posso impedir que, em 1952, eu acreditasse viver em estado de pecado mortal desde a minha primeira comunhão, porque eu havia, com a ponta da língua, desmanchado a hóstia que ficara colada no palato antes de conseguir engoli-la. Tinha certeza de haver destruído e profanado aquilo que era para mim o corpo de Deus. Acreditar e ter a obrigação de acreditar eram a mesma coisa.)

Pertencemos ao mundo da verdade e da perfeição, da luz. No outro mundo, não se vai à missa, não se reza, é o mundo em falta, cujo nome só se pronuncia em raras ocasiões, de forma brusca, como se fosse uma blasfêmia: a escola laica. ("Laico" era para mim uma palavra sem sentido preciso, sinônimo vago de "mau".) Tudo é feito para que o nosso mundo se afaste do outro. Não dizemos "cantina", mas "refeitório", nem "cabideiro", e, sim, "gancho". "Camaradas" e "professora" têm um quê de laico, é melhor dizer "minhas colegas" e "senhorita", e chamar a diretora de "querida irmã". Nenhuma professora trata as alunas de modo informal, dizem "as senhoritas" no jardim da infância, para crianças de cinco anos.

O excesso de cerimônias diferencia a escola particular da outra. Ao longo do ano todo, a preparação de inúmeros espetáculos ocupa uma parte importante do tempo escolar: no Natal, uma grande encenação no pátio coberto para as alunas, reapresentada para os pais em dois domingos de janeiro — em abril, a Festa das Antigas Alunas, no cinema-teatro da cidade, com várias sessões para os pais nas noites seguintes — em junho, a Festa da Juventude das Escolas Religiosas, em Rouen.

A festa mais popular de todas é a quermesse paroquial, no começo de julho, que começa com um desfile pelas ruas da cidade em que as alunas usam fantasias em torno de um tema. Com suas meninas-flores, suas amazonas e suas damas de outros tempos saltando e cantando, a escola particular exibe seu poder de sedução diante de uma multidão reunida nas calçadas, demonstra sua imaginação e sua superioridade em relação à escola pública, que fez um desfile na semana anterior até a hípica com as alunas em austera roupa de ginástica. A festa confirma o êxito da escola particular.

Os preparativos para essa cerimônia tornam lícito tudo o que normalmente é proibido: sair para a cidade para comprar tecido ou distribuir convites nas caixas de correio, deixar a sala no meio da aula para ensaiar seu papel. Enquanto é proibido ir à escola de calça sem usar uma saia por cima, em cena as menores, de tutu, exibem as coxas nuas e calcinhas, e as maiores deixam à mostra o decote e os pelos da axila. O sexo masculino aparece sob a forma perturbadora de meninas fantasiadas de meninos que beijam as mãos das outras colegas e fazem declarações de amor.

Na cerimônia natalina de 1951, eu sou uma "menina de La Rochelle". Com outras duas ou três, cantei paralisada na frente de uma plateia, segurando um barco nos braços. Eu deveria ter sido um dos "três jovens que tocavam tambor voltando da guerra", mas a religiosa responsável pelos ensaios trocou meu papel porque, ao marchar, eu não conseguia manter o ritmo. Em abril de 1952, na Festa das Antigas Alunas, interpretei uma personagem de um quadro grego: uma moça portadora de oferendas a uma jovem morta. Tinha de ficar com o corpo inclinado, apoiado em uma perna esticada, com as mãos abertas. Lembro o suplício que foi e a vontade de desabar sobre o palco. Dois papéis de figuração estática, escolhidos para mim, sem dúvida, por conta desse jeito sem graça confirmado pelas fotos.

Tudo o que consolida esse mundo é encorajado; tudo o que o ameaça é denunciado e vilipendiado. É visto com bons olhos:

ir à capela na hora do recreio

fazer a primeira comunhão particular aos sete anos e não esperar pela festa da primeira comunhão solene, como as meninas da escola sem Deus

associar-se às "Cruzadas", uma associação que tem a missão de converter as pessoas e que representa o mais alto grau de perfeição religiosa

ter sempre um rosário no bolso

comprar o *Âmes vaillantes*, periódico católico para moças

ter um missal vesperal romano de Dom Lefebvre

dizer que, em casa, fazemos "a oração da noite em família" e que queremos ser religiosas.

É malvisto:

levar para a aula livros e jornais que não sejam obras religiosas ou o *Âmes vaillantes*. A leitura desperta suspeita, por causa da existência de "livros maus" que, se considerarmos o temor e receio que suscitam com a simples menção feita a eles no exame de consciência de antes da confissão, devem ser temidos e existem em maior quantidade que os bons. Os livros que são distribuídos no dia de premiação e fornecidos pela livraria católica da cidade não têm o objetivo de serem lidos mas, sim, mostrados. Eles edificam só de serem vistos. *A Bíblia contada às crianças*, *O general de Lattre de Tassigny*, *Hélène Boucher*, entre os títulos de que me lembro.

andar com as meninas da escola laica

ir ao cinema fora das sessões escolares (*Joana d'Arc*, *Monsieur Vincent*, *O cura de Ars*). Na porta da igreja colam uma lista classificatória, feita pelo Ofício católico, dos filmes de acordo com seu grau de periculosidade. Qualquer menina vista na saída de um filme "proibido" corre o risco de ser expulsa da escola na mesma hora.

É impensável ler fotonovelas e frequentar o baile público no auditório de Poteaux nas matinês de domingo.

Mas nunca se experimenta o sentimento de uma ordem coercitiva. A influência da lei deve acontecer de forma suave, *familiar*, por exemplo, por meio do sorriso de consentimento da "senhorita" ao cruzarmos com ela na calçada e fazermos um cumprimento respeitoso.

Nas ruas do centro, os pais das alunas exercem uma vigilância cerrada com o intuito de preservar a excelência da escola particular e seu caráter seletivo — cedo ou tarde, tudo o que for relacionado aos modos e às companhias das alunas será *delatado*. Dizer "minha filha vai ao pensionato" — e não apenas "à escola" — enfatiza a diferença que existe entre aqueles que se misturam indiscriminadamente e os que pertencem a um meio único, particular, entre a simples submissão à obrigação escolar e a escolha precoce por uma ambição social.

Naturalmente estava subentendido que não havia ricos nem pobres no pensionato, apenas uma grande família católica.

(Associar para sempre a palavra *particular* à falta e ao medo, ao encerramento. Mesmo na expressão *vida particular*. Escrever é algo público.)

Nesse mundo da excelência, sou reconhecida como uma aluna excelente e desfruto da liberdade e dos privilégios conferidos pelo primeiro lugar na hierarquia escolar. Responder antes das outras, ser escolhida para explicar a solução de um problema ou para ler porque emprego o tom correto me trazem um bem-estar geral nas aulas. Não sou aplicada nem muito estudiosa e faço os deveres de casa sem muito cuidado, pois sempre tenho pressa para terminá-los antes mesmo de ter começado. Sou barulhenta e tagarela e sinto prazer fazendo o papel de má aluna, dispersa, mesmo sem sê-lo, pois assim evito que as outras se distanciem de mim por causa de minhas boas notas.

Em 1951-52, estou no quinto ano — equivalente ao último ano da escola primária pública —, na turma da srta. L., cuja reputação de aterrorizar as alunas é conhecida por todas muito antes de serem da sua turma. No quarto ano, já podíamos ouvi-la, pela divisória das salas, sempre vociferando e batendo a régua nas carteiras. Nas saídas ao meio-dia e no fim da tarde, sem dúvida por causa de sua voz potente, é ela que fica na porta chamando aos gritos os nomes das meninas menores das turmas do jardim sentadas nos bancos do pátio interno, pois seus pais estão à espera do lado de fora. Ela é baixinha — no começo do ano já sou mais alta que ela —, magra e agitada, de idade indefinível, com os cabelos grisalhos presos para trás, um rosto cheio e óculos fundo de garrafa que deixam seus olhos enormes. Como todas as religiosas à paisana, ela usa no inverno uma capa com listas azuis e pretas por cima da bata. Nas aulas em que não é necessário escrever, ela nos obriga a ficar com os braços cruzados atrás das costas, a cabeça reta olhando para a frente. Ela sempre ameaça nos mandar de volta para a série abaixo da nossa e nos obriga a ficar depois da aula se não encontramos a resposta para um problema de matemática. A única coisa que a amolece são as histórias de Deus, dos mártires e santos, levando-a até as lágrimas. O resto — ortografia, história, matemática — é transmitido com frieza, rigor e violência, e deve ser aprendido dolorosamente, com vistas à aprovação nas provas diocesanas, organizadas pelo episcopado, que equivalem aos exames para ingressar no fundamental dois na escola pública. Os pais sentem medo dela e admiram a severidade com que ela trata a todos. As alunas se orgulham de dizer que estão na turma da professora mais terrível da instituição, como um mártir que tudo suporta sem protestar. Mas isso não impede que busquem todos os meios habituais para se esquivar da autoridade da srta. L. — falar escondendo a boca com a mão ou com a carteira erguida, escrever uma palavra na borracha e passá-la adiante etc. De vez em quando a turma responde aos seus gritos e exigências com uma onda de inércia, que começa nas que sentem mais dificuldade para acompanhá-la e acaba incorporando as mais ávidas em agradá-la. Ela começa a chorar em sua mesa, recusando-se a seguir com a aula, e nós devemos pedir desculpas uma por vez.

Não se trata de saber se eu gostava ou não da srta. L. Não conhecia ninguém mais instruída que ela no meu entorno. Ela não era uma mulher como as clientes de minha mãe ou como minhas tias, mas a própria encarnação da lei, capaz de me garantir, a cada matéria aprendida, a cada vez que não erro nada, a excelência do meu ser escolar. Ela é o meu parâmetro, mais que as outras alunas: preciso saber, no fim do ano, tudo o que ela sabe (e isso está ligado à crença, que tive por muito tempo, de que as professoras só sabiam aquilo que nos ensinavam — de onde vinha também o imenso respeito e o medo inspirados pelas professoras das turmas das "mais velhas", e a condescendência com relação àquelas pelas quais já tínhamos passado, e que estavam, portanto, superadas). Quando ela me proíbe de responder para dar tempo para as outras pensarem, ou quando me pede para explicar uma análise lógica, ela está me colocando no mesmo nível que ela. Considero sua obstinação em perseguir minhas imperfeições escolares como uma forma de me dar acesso a sua própria perfeição. Um dia ela criticou a forma do meu "m", cuja primeira perna eu encurvo para dentro, como uma tromba de elefante, e disse zombeteira: "*um pouco depravado*". Sem dizer nada, eu corei. Sabia o que ela estava querendo dizer, e ela sabia que eu sabia: "Você desenha o *m* como o sexo de um homem".

No verão, mandei um cartão para ela de Lourdes.

(Ao descrever o universo escolar daquele ano, o sentimento de estranheza que experimento diante da foto da minha primeira comunhão diminui. O rosto sério, o olhar para a frente e um leve sorriso — que sem dúvida expressa mais superioridade que tristeza — perdem sua opacidade. O "texto" ilumina a foto, que é também sua ilustração. Vejo a jovem aluna do pensionato, cheia de poder e de certezas num universo que é, para ela, a verdade, o progresso e a perfeição, e que ela não imagina poder desmerecer.)

(Consegui "rever" a sala de aula do lugar onde eu me sentava desde mais ou menos o final de dezembro: na primeira fileira à esquerda — em relação à mesa da srta. L. — sozinha em uma carteira de dois lugares colada a outra idêntica, ocupada por Brigitte D., com sua testa arredondada sob os cabelos pretos ondulados. Se me viro e fico de lado, vejo a sala: algumas regiões mais nítidas, nas quais se agitam silhuetas com jalecos diferentes, mas impossíveis de definir, rostos sobre os quais poderia citar inúmeros detalhes, o tipo de penteado, os lábios (rachados, de Françoise H., macios, de Rolande C.), a pele (as sardas de Denise R.), mas sem conseguir apreender a totalidade. Ouço suas vozes, algumas frases, em geral sem sentido, por meio das quais elas ficaram gravadas em mim: "Você sabe falar javanês?", pergunta Simone D. Algumas regiões permanecem obscuras, nelas qualquer identificação é impossível porque esqueci os nomes.)

Para mim, havia outras formas de classificação diferentes das do boletim. Como vivíamos em grupo, elas se tornavam mais evidentes com o passar dos dias e podiam ser traduzidas por "gosto" ou "não gosto" de tal menina. Primeiro, a separação entre "metidas" e "não metidas", entre "as que se acham", porque nas festinhas são escolhidas para dançar, porque vão passar férias na praia — e as outras. Ser metida é um traço físico e social, característico das mais jovens e mais graciosas, que moram no centro da cidade e têm pais representantes ou comerciantes. Na categoria das não metidas estão as filhas de agricultores, as internas ou semipensionistas que vêm de bicicleta de regiões rurais vizinhas, mais velhas e, com frequência, repetentes. Aquilo que poderia ser motivo de orgulho para elas — ter terras, tratores, empregados — não impressiona ninguém, como todas as coisas da vida rural. Tudo o que vem da “vida no campo” é desprezado. Ofensa: “Está achando que isso aqui é um rancho?”.

Outra forma de classificação, obsessiva, é a que hierarquiza pela aparência, de outubro a junho, os corpos até ali uniformemente infantis. Existem as meninas pequenas, com suas coxas finas debaixo de saias curtas, com presilhas e tiaras nos cabelos, e as maiores, sentadas no fundo da sala, que costumam ser mais velhas. Espio as suas transformações físicas e no modo como se vestem, os seios crescendo debaixo da camisa, as meias para sair aos domingos. Tento adivinhar a presença de uma toalhinha higiênica sob o vestido. Busco a companhia dessas moças para aprender sobre questões sexuais. Num mundo em que nem os pais nem as professoras podem sequer evocar aquilo que é considerado pecado mortal, em que é preciso ficar constantemente à espreita das conversas dos adultos para pescar uma nesga do segredo, só mesmo as maiores podem nos passar alguma informação. O próprio corpo delas já é por si só uma fonte muda de conhecimento. Certa vez uma colega me disse: “Se você fosse interna, eu ia te mostrar no dormitório minha toalhinha cheia de sangue”.

A aparência de mocinha na foto de Biarritz é um engano. Na turma da srta. L., sou uma das mais altas, mas meu peito é uma tábua e não tenho nenhum sinal da puberdade. Naquele ano, não aguento mais esperar para ficar menstruada pela primeira vez. Ao ver uma menina que não conheço, imagino se ela já terá ficado. Sinto-me inferior por não ter descido nada ainda. Na turma do quinto ano, o que mais me abala certamente é a diferença entre os corpos das alunas.

Eu tentava parecer mais velha. Se minha mãe não proibisse e a escola particular não condenasse, eu iria à missa de meias, salto alto e batom aos onze anos e meio. A única coisa que me permitiam fazer para parecer mais velha era uma permanente no cabelo. Na primavera de 1952, minha mãe me deu pela primeira vez dois vestidos com vincos horizontais que marcavam meu quadril e sapatos com salto de alguns centímetros. Porém, ela me negou um cinto preto, grande, de elástico, que se fechava com dois ganchos metálicos e marcava a cintura e as nádegas de todas as moças e mulheres daquele verão. Lembro de sentir uma inveja lancinante desse cinto que me deixou um vazio durante todo o verão.

(Quando faço um rápido inventário de 1952, lembro, ao lado das imagens, de "*Ma p'tite folie*", "México", do cinto preto de elástico, do vestido de crepe azul com flores vermelhas e amarelas da minha mãe, de um estojo de plástico preto com acessórios para fazer a unha, como se o tempo só pudesse ser contado por meio de objetos. As roupas, as propagandas, as músicas e os filmes que surgiam e desapareciam em um ano, ou até em uma única estação, dão um pouco de certeza para a cronologia dos desejos e dos sentimentos. O cinto preto de elástico data com precisão um despertar do desejo de agradar aos homens, do qual não vejo indícios antes, e a música "Viagem a Cuba", a fantasia do amor e dos países distantes. Proust escreveu algo como nossa memória está fora de nós, num sopro chuvoso do tempo, no cheiro da primeira fogueira de outono etc. Coisas da natureza que, graças a seu constante retorno, asseguram a permanência da pessoa. Para mim — e talvez para todos da minha época — cujas memórias estão ligadas a um hit de verão, a um cinto da moda, a coisas destinadas a desaparecer, a memória não traz nenhuma prova da minha permanência ou identidade.

Ela me faz sentir, e me confirma, minha fragmentação e minha historicidade.)

Na escola, nos anos acima do meu, formando uma espécie de universo inacessível, estavam as verdadeiras "mais velhas", nome dado pela instituição para chamar as alunas do sexto ano da turma de filosofia. As mais velhas dentre as mais velhas mudavam de sala entre uma aula e outra e nós víamos cada uma delas passando pelos corredores levando suas pastas abarrotadas. Suas salas eram silenciosas, elas não faziam brincadeiras, conversavam em grupos pequenos, encostadas na parede da capela ou debaixo dos pés de tília. A sensação que tenho é a de que as observávamos o tempo todo e de que elas nunca olhavam para nós. Eram um modelo para nós, o ideal que nos fazia aspirar seguir galgando os degraus da escola e da vida. Por causa dos seus corpos de moças, e sobretudo por seu vasto conhecimento, de álgebra a latim, cujos prêmios concedidos deixavam entrever sua extensão e seu mistério, eu estava convencida de que elas só poderiam nos desprezar. Entrar em uma sala do nono ano para levar um bilhete de confissão me aterrorizava. Eu sentia todos os olhares pesando sobre o meu ser ridículo de aluna do quinto ano que ousava perturbar o desenvolvimento majestoso do saber. Ao sair da sala, ficava surpresa por não ter sido recebida com um brado ensurdecedor de risadinhas e assobios. Não imaginava que, entre as mais velhas, havia algumas com dificuldade para seguir o curso, que chegavam a repetir ou ter de fazer três vezes aquele ano. E, mesmo que eu soubesse disso, nada teria alterado minha certeza com relação à superioridade delas: até essas alunas sabiam muito mais que eu.

Naquele ano, eu ficava procurando, antes das aulas da tarde, uma menina mais velha, do sétimo ano, e olhava, em busca dela, a fila da sua turma. Ela era baixa, com a cintura fina, os cabelos pretos encaracolados até o ombro cobrindo a testa e as orelhas, um rosto arredondado e a pele clara, macia. Talvez ela tenha me chamado a atenção por usar as mesmas botinas de couro vermelho com zíper que eu, enquanto a moda eram galochas de borracha pretas. A suposição de que ela poderia reparar em mim e falar comigo nunca me ocorreu. Era um prazer observá-la, ver seus cabelos, as panturrilhas fortes e nuas, ouvir o que ela dizia. A única coisa que eu queria era saber seu nome e sobrenome, a rua onde morava: Françoise Renout ou Renault, estrada do Havre.

Tenho a impressão de que eu não tinha nenhuma amiga na escola particular. Não ia à casa de nenhuma menina e nenhuma delas vinha até a minha. Mas ninguém costumava conviver fora da escola, exceto quando se compartilhava um caminho. Só havia amizades de trajeto. Eu fazia uma parte do meu percurso na companhia de Monique B., uma filha de agricultores das redondezas que de manhã deixava a bicicleta na casa de uma velha tia — com quem ela almoçava ao meio-dia — e ia buscá-la ao fim da tarde. Alta e pouco desenvolvida como eu, ela era bochechuda e tinha os lábios grossos, que com frequência guardavam resquícios de comida. Ela estudava ansiosamente, mas suas notas eram medíocres. Quando eu passava na casa da tia dela para buscá-la à uma hora, primeiro contávamos uma à outra o que tínhamos acabado de comer.

Como eu era a única da família e da vizinhança que frequentava a escola particular, não tinha cumplicidade escolar com ninguém fora da sala de aula.

(Lembro-me de uma brincadeira que ocupa minhas manhãs de descanso, em que fico na cama até o meio-dia. No verso em branco de cartões-postais antigos que ganhei de uma senhora, escrevo o nome e o sobrenome de uma menina. Não anoto nenhum endereço, apenas o nome da cidade que está representada no cartão-postal. Não escrevo nada na parte do conteúdo. Pego os nomes e sobrenomes nas revistas e jornais *Lisette*, *Le Petit Écho de la mode*, *Les Veillées des chaumières* e sigo uma regra que consiste em usá-los na ordem em que aparecem nas publicações. Risco os nomes para poder acrescentar outros e continuar o jogo. Sinto um prazer infinito (alguma coisa ligada ao desejo sexual) ao inventar dezenas de destinatários. Às vezes, muito raramente, endereço um cartão a mim mesma, sem escrever nada também.)

Dizem, referindo-se a mim, *a escola é tudo para ela*.

Minha mãe é a própria encarnação da lei religiosa e das regras da escola. Ela vai à missa várias vezes por semana, às Vésperas no inverno, à bênção do Santíssimo, ao sermão da Quaresma, à via-crúcis da Sexta-Feira Santa. Desde a juventude, as procissões e outras celebrações religiosas representam para ela ocasiões decentes para sair e se mostrar bem-vestida, com uma companhia de respeito. Já bem cedo ela me levava para esses programas (lembro de uma longa caminhada até a estátua da Nossa Senhora de Boulogne na estrada do Havre) e me chamava para ir a uma procissão ou visitar a Nossa Senhora do Bom Socorro como se eu fosse gostar tanto disso quanto de um passeio pelo parque. Quando não há nenhum cliente na loja, à tarde, ela sobe e vai se ajoelhar ao pé da cama, diante do crucifixo preso no alto. No quarto que divido com meus pais há, enquadradas, uma grande fotografia de Santa Teresa de Lisieux, uma reprodução da Santa Face de Jesus e uma gravura do Sagrado Coração; em cima da lareira, duas estátuas da Virgem, uma em alabastro, outra coberta por uma tinta especial alaranjada que a torna luminosa no escuro. À noite, cada uma em sua cama, minha mãe e eu recitamos, revezando, as mesmas orações que falo pela manhã na escola. Nunca comemos carne nem embutidos às sextas-feiras. O único passeio que fazemos juntos no verão é a peregrinação de ônibus a Lisieux, que dura um dia — missa e comunhão no Carmelo, visita à basílica e ao Buissonnets, casa natal de Santa Teresa.

Minha mãe foi sozinha a Lourdes numa peregrinação diocesana, no fim da guerra, em ação de graças à Virgem Maria por ter nos protegido dos bombardeios.

Para minha mãe, a religião faz parte de tudo o que é *elevado* — o saber, a cultura, a boa educação. Na falta de estudo formal, a instrução começa no hábito de ir à missa: ouvir o sermão é uma maneira de *abrir a cabeça*. Ela se distancia, assim, dos preceitos e objetivos da escola particular, transgredindo, por exemplo, as interdições com relação à leitura (ela compra e lê uma grande quantidade de romances e jornais, que depois me passa), ou recusando a imposição do sacrifício e da submissão, que prejudicam o êxito. Ela teme que eu seja recrutada por alguma instituição, como os Cruzados, argumentando que um excesso de instrução religiosa poderia se sobrepor à matemática ou à ortografia. A religião deve permanecer como um coadjuvante ao ensino, e não um substituto. Se eu me tornasse religiosa, isso lhe desagradaria, acabando com suas esperanças.

Converter outras pessoas não é do seu interesse ou parece inoportuno para uma comerciante — ela só se permite fazer um comentário sorrindo para as meninas do bairro que deixaram de ir à missa. Moldada por seu histórico de operária de fábrica, adaptada a sua personalidade violenta e ambiciosa e a seu ofício, a religiosidade de minha mãe é:

uma prática individualista, uma forma de usar todos os seus trunfos para garantir a vida material

um indício de que ela foi escolhida, algo que a distingue do resto da família e da maior parte dos clientes do bairro

uma reivindicação social: mostrar aos burgueses arrogantes do centro da cidade que uma antiga operária, por sua devoção — e sua generosidade para com a Igreja —, vale mais que eles

o contexto de um desejo generalizado de perfeição e de refinamento de si mesma, do qual meu futuro faz parte.

(Parece-me impossível esgotar o significado e o papel da religião na vida da minha mãe. Para mim, em 1952, minha mãe *era* a religião. Corrigia as leis da escola particular tornando-as ainda mais exigentes. Uma de suas regras mais repisadas: *seguir o exemplo* (de boa educação ou gentileza, ou dedicação, de fulana ou beltrana), mas *não copiar* (os defeitos de uma outra). Principalmente, *seja um exemplo você mesma* (de boa educação, trabalho, bons modos etc.). E *o que vão pensar de você?*)

Os jornais e os romances que ela me dá para ler, além da *Bibliothèque verte*, não se opõem aos preceitos da escola particular. Todos eles obedecem à condição que autoriza sua leitura, *poder ser lido por qualquer um* — portanto aí estão *Les Veillées des chaumières*, *Le Petit Écho de la mode*, os romances de Delly e de Max du Veuzit. Na capa de alguns livros, vem estampado o selo *Obra premiada pela Academia Francesa*, o que confirma sua conformidade às exigências da moral tanto quanto seu interesse literário, ou até mais. Quando completo doze anos, já tenho os primeiros volumes da coleção *Brigitte*, de Berthe Bernage, de cerca de quinze tomos. Sob a forma de um diário, eles narram a vida de Brigitte: noiva, casada, mãe e avó. No final da minha adolescência, terei a coleção completa. O autor escreve no prefácio do volume *A jovem Brigitte*:

Brigitte às vezes hesita e se engana, mas ela sempre volta ao caminho da retidão [...] *porque a história pretende ser verdadeira. Ora, uma alma de boa estirpe, uma alma refinada, fortalecida por bons exemplos, sábios ensinamentos, uma família saudável — e pela disciplina cristã —, essa alma pode suportar a tentação de "fazer como os outros" e de sacrificar o dever ao prazer. Essa alma, por fim, há de escolher o dever custe o que custar* [...] *a verdadeira mulher francesa é, ainda e sempre, uma mulher que ama a sua casa e o seu país. E que reza.*

Brigitte encarna o modelo da verdadeira jovem. Ela é modesta, despreza os bens materiais e vive num mundo em que as pessoas têm uma sala espaçosa e um piano, jogam tênis, vão a exposições, salões de chá, ao parque Bois de Boulogne. Em que os pais nunca brigam. O livro ensina, ao mesmo tempo, a excelência das regras morais cristãs, a excelência do modo de vida burguês.*

(Histórias desse tipo me pareciam mais reais que os livros de Dickens porque elas traçavam os caminhos de um destino provável, amor-casamento-filhos. Será que o real é, então, o possível?

* Em 2050, ler as revistas *Vingt ans*, *Elle* etc. e os inúmeros romances por meio dos quais a sociedade propõe uma determinada conduta moral provocará certamente o mesmo sentimento de estranheza que a leitura de *Brigitte* hoje. (N.A.)

No momento em que eu lia *A jovem Brigitte* e *Escrava ou rainha*, de Delly, e que ia assistir a *Pas si bête* com Bourvil, eram publicados nas livrarias *Saint Genet*, de Sartre, *Réquiem dos inocentes*, de Calaferte, e no teatro estreava *As cadeiras*, de Ionesco. Para mim, essas duas existências estarão para sempre separadas.)

Meu pai lê apenas o jornal diário da região, e a religião não ocupa nenhum espaço em suas conversas, exceto sob a forma de comentários irritados contra a minha mãe — "você passa o dia enfiada na igreja", "o que é que você tanto conta ao padre" — ou de piadas sobre o celibato dos padres — aos quais ela nunca responde, como se fossem absurdos que não merecessem consideração. Ele assiste à metade da missa de domingo, de pé no fundo da igreja para poder sair mais rápido, e adia até o Segundo Domingo de Páscoa — último limite antes de cair na infração do pecado mortal — o momento de "cumprir a Páscoa" (se confessar e comungar), como se tudo isso fosse uma chatice. Minha mãe exige dele apenas o mínimo estrito, destinado a garantir sua salvação. À noite, ele não participa das orações e finge que já está dormindo. Destituído de sinais de uma verdadeira fé religiosa e, portanto, do desejo de *se elevar*, meu pai *não é quem faz as leis*.

Mas, tal como para a minha mãe, a escola particular é a referência suprema para ele: "O que diriam no pensionato se vissem o que você faz, como você fala etc.".

E: *na escola você precisa ter uma boa imagem para os outros*.

LANCEI LUZ SOBRE OS CÓDIGOS e as regras que regiam os círculos nos quais eu estava encerrada. Fiz um repertório das linguagens que me atravessavam e que constituíam a percepção que eu tinha de mim mesma e do mundo. Em nenhum lugar havia espaço para a cena daquele domingo de junho.

Aquilo não podia ser dito a ninguém, em nenhum dos meus dois mundos.

Ali tínhamos deixado de pertencer à categoria das pessoas corretas, que não bebem, não batem umas nas outras e se vestem de modo adequado para ir à cidade. Mesmo tendo um jaleco novo a cada começo de ano e um missal bonito, mesmo sendo a primeira da turma e fazendo minhas orações, eu já não me parecia com as outras meninas da classe. Tinha visto aquilo que não se podia ver. Sabia aquilo que, na inocência social da escola particular, não deveria ter sabido e que me situava, de modo indescritível, no campo daqueles cuja violência, alcoolismo ou distúrbio mental alimentavam as histórias que terminavam com uma frase típica como "que desgraça ver uma coisa dessas".

Eu me tornei uma pessoa que não merecia a escola particular, sua excelência e perfeição. Entrei no território da vergonha.

O pior da vergonha é que achamos que somos os únicos a senti-la.

Fiz a prova diocesana num estado de estupor e tirei apenas um "bom", para a surpresa e decepção da srta. L. Foi na quarta-feira seguinte àquele dia, 18 de junho.

No domingo seguinte, 22 de junho, participei, como no ano anterior, da Festa da Juventude das Escolas cristãs, em Rouen. Quando o ônibus trouxe de volta as alunas, já era tarde da noite. A srta. L. ficou responsável por deixar as que moravam numa região que compreendia meu bairro. Era mais ou menos uma hora da manhã. Eu bati no postigo da porta da mercearia. Depois de um bom tempo, a luz acendeu na loja e minha mãe apareceu na porta, o cabelo desgrenhado, muda de sono, com uma camisola amarrotada e manchada (tínhamos o hábito de nos secar com ela, depois de urinar). A srta. L. e as duas ou três alunas pararam de falar. Minha mãe balbuciou um boa-noite, ao qual ninguém respondeu. Eu me enfiei na mercearia para interromper a cena. Pela primeira vez eu tinha visto minha mãe com um olhar de fora, um olhar da escola particular. Na minha memória, essa cena, que não tem qualquer relação com aquela em que meu pai tentou matar minha mãe, parece ser o seu prolongamento. Como se, por meio do corpo exposto, sem proteção, relaxado, e da camisola suja da minha mãe, nós tivéssemos revelado nossa verdadeira natureza e nosso modo de viver.

(É claro que não me ocorreu que, se minha mãe tivesse um roupão, que ela teria vestido por cima da camisola, as meninas e a professora da escola particular não teriam ficado estupefatas e eu não guardaria nenhuma lembrança daquela noite. Mas o roupão ou penhoar eram considerados, em nosso meio, acessórios de luxo, inapropriados, até risíveis para mulheres que se vestiam para trabalhar logo que acordavam. No meu sistema de pensamento da época, em que o roupão não existia, era impossível escapar da vergonha.)

Tenho a sensação de que tudo o que aconteceu no verão depois disso só confirma o fato de não sermos dignos: "somente nós" somos assim.

No começo de julho, minha avó morreu com uma embolia. Esse fato não me afetou em nada. Uns dez dias depois ocorreu uma briga violenta no bairro da Corderie entre um de meus primos, recém-casado, e sua tia, a irmã da minha mãe que morava na casa da minha avó. Na rua, sob os olhares dos vizinhos e encorajado por meu tio Joseph, pai dele, que ficou sentado num montinho, meu primo espancou a tia. Ela apareceu na loja ensanguentada e cheia de roxos. Minha mãe a acompanhou até a delegacia e depois a um médico. (O caso seria julgado em tribunal alguns meses depois.)

Peguei um resfriado junto com uma tosse que durou o mês inteiro. A certa altura, meu ouvido direito ficou inesperadamente obstruído. Não tínhamos o hábito de chamar um médico por causa de um resfriado no verão. Eu não ouvia mais minha voz, e a dos outros me chegava abafada. Evitava falar. Acreditei estar condenada a viver assim.

Ainda em julho, a respeito dos acontecimentos da Rue de la Corderie. Uma noite, depois de fechar o café, sentada à mesa, eu me queixo sem parar que as hastes dos meus óculos estão tortas. Enquanto tento ajeitá-las, minha mãe toma os óculos da minha mão e os atira com toda força, aos gritos, no chão da cozinha. As lentes ficaram estraçalhadas. Só consigo me lembrar do clamor das censuras que meus pais fizeram um ao outro e dos meus soluços. Também a sensação de um desastre que deve prosseguir, algo como "agora estamos mesmo imersos na loucura".

Na vergonha há o seguinte: a impressão de que agora tudo pode acontecer com você, de que nunca haverá uma trégua, que mais vergonha vai se somar à vergonha.

Algum tempo depois da morte da minha avó e das agressões que minha tia sofreu, fui com minha mãe a Étretat de ônibus, passar o dia perto do mar, como fazíamos todo verão. Ela foi e voltou usando uma roupa de luto, e só na praia botou seu vestido azul com flores vermelhas e amarelas "para evitar os comentários das pessoas de Y.". Numa foto que ela tirou de mim, que se perdeu ou foi rasgada voluntariamente há uns vinte anos, a água bate nos meus joelhos, e ao fundo estão as pedras de Aiguille e Port d'Aval. Eu mantenho uma postura ereta, com os braços esticados ao longo do corpo, tentando prender a barriga e levantar o peito que não tinha, apertada em um maiô de lã tricotado.

Durante o inverno, minha mãe inscrevera meu pai e eu para uma viagem organizada pela empresa de ônibus da cidade. A ideia era ir até Lourdes visitando lugares turísticos, como Rocamadour, o abismo de Padirac etc., ficar três ou quatro dias ali e voltar para a Normandia por um itinerário diferente do de ida, Biarritz, Bordeaux, os castelos do Vale do Loire. Como minha mãe já havia ido a Lourdes em outra ocasião, agora era a nossa vez. Na manhã da partida, na segunda quinzena de agosto — ainda estava escuro —, ficamos esperando durante muito tempo, na calçada da Rue de la République, o ônibus que viria de uma cidadezinha costeira, aonde tinha ido buscar alguns passageiros. Passamos o dia viajando, com uma parada de manhã num café, em Dreux, ao meio-dia num restaurante à beira do Loiret, em Olivet. Começou a chover sem trégua e, pelo vidro da janela, eu não conseguia ver mais nada da paisagem. Esfolei o dedo tentando quebrar um cubinho de açúcar para dar metade a um cachorro, no café de Dreux, e começou a inflamar. À medida que rumávamos para o sul, sentia-me cada vez mais desorientada. Tinha a sensação de que não veria mais minha mãe. Com exceção de um fabricante de biscoitos e sua esposa, não conhecíamos mais ninguém. Chegamos à noite em Limoges, no hotel Moderne. No jantar, ficamos sozinhos em uma mesa no meio da sala. Não tínhamos coragem de falar nada por causa dos garçons. Estávamos intimidados, com um vago sentimento de apreensão por tudo.

Desde o primeiro dia, as pessoas mantiveram os lugares que tinham ocupado na partida e não trocaram até o fim da viagem (por isso a facilidade para me lembrar delas). Na primeira fila à direita, a nossa frente, duas jovens de uma família de joalheiros de Y. Atrás de nós, uma viúva, proprietária de terra, com sua filha de treze anos, que frequentava um pensionato religioso em Rouen. Na fila seguinte, uma aposentada dos correios, viúva, também de Rouen. Mais atrás, uma professora do ensino laico, solteira, obesa, com uma capa marrom e sandálias. Na primeira fila à esquerda, o fabricante de biscoitos e sua esposa, depois um casal de vendedores de tecidos e novidades, da cidadezinha costeira, as esposas jovens de dois motoristas de ônibus, três casais de agricultores. Era a primeira vez que convivíamos de perto, durante dez dias, com desconhecidos que eram todos, com exceção dos motoristas de ônibus, melhores que nós.

Nos dias seguintes, sofri menos por estar longe de casa. Achei prazeroso conhecer as montanhas e sentir um calor que, na Normandia, era inimaginável; comer em restaurantes no almoço e no jantar, dormir em hotéis. Poder tomar banho num banheiro com água quente e fria era para mim um luxo. Eu achava que era "melhor estar no hotel que em casa" — tantas vezes sentiria dessa forma na época em que morava com meus pais; talvez esse seja o critério de pertencimento do mundo inferior. A cada parada, desejava chegar logo para conhecer o quarto novo. Poderia passar horas nele, sem fazer nada, só ficar ali.

Meu pai continuava manifestando desconfiança com relação a tudo. Durante o trajeto, observava a estrada, com muitos trechos em declive, e se mostrava mais atento à conduta do motorista que à paisagem. Incomodava-se com as constantes mudanças de cama. Importava-se demais com a comida e ficava circunspecto diante dos pratos que nos serviam, que não conhecíamos, julgando severamente a qualidade de alguns produtos simples, como o pão e as batatas, que ele cultivava na própria horta. Nas visitas às igrejas e aos castelos, ficava sempre atrás do grupo e parecia estar fazendo um sacrifício só para me agradar. Ele era um peixe fora d'água, não estava numa atividade ou na companhia de pessoas que correspondessem a suas preferências ou aos seus hábitos.

Ele começou a ficar um pouco mais satisfeito à medida que foi simpatizando com a aposentada dos correios, com o fabricante de biscoitos e o vendedor de novidades, mais falantes que o restante do grupo, por necessidades profissionais, e que tinham interesses em comum com ele (como o pagamento de impostos etc.), para além das diferenças evidentes — eles tinham as mãos finas e sem calos. Todos eram mais velhos que meu pai e, assim como ele, não haviam feito aquela viagem para se cansar andando debaixo do sol. Desse modo, ficavam bastante tempo à mesa. As conversas giravam em torno do clima seco das regiões que tínhamos atravessado, dos muitos meses sem chover, do sotaque falado na região do Midi, de todas as coisas que eram diferentes das nossas, e do crime de Lurs.

Achei natural buscar a companhia de uma menina de treze anos, Élisabeth, já que tínhamos apenas um ano de diferença e que ela também frequentava uma escola religiosa, embora já estivesse no sétimo ano. Éramos da mesma altura, mas na roupa dela já despontavam formas e ela tinha feições de adolescente. No primeiro dia, notei satisfeita que nós duas usávamos uma saia plissada azul-marinho com uma jaqueta, a dela vermelha, a minha, laranja. Ela não respondeu às minhas primeiras tentativas de conversar, contentando-se em sorrir quando eu falava com ela, do mesmo modo que fazia sua mãe, cuja boca se abria dando a ver vários dentes de ouro, e que nunca dirigia a palavra a meu pai. Um dia, vesti a saia e a camiseta do meu uniforme de ginástica, roupa usada na última Festa da Juventude. Ela reparou: "Você foi na Festa da Juventude?". Fiquei orgulhosa em dizer que sim, interpretando a frase dela, acompanhada de um grande sorriso, como um sinal de cumplicidade entre nós duas. Em seguida, por causa do seu tom estranho, senti que na verdade aquilo significava "você não tem nada melhor que o uniforme de ginástica para vestir aqui".

Um dia ouvi uma mulher do grupo dizendo: "Mais tarde, vai ficar belíssima". Depois entendi que ela não estava falando de mim, mas, sim, de Élisabeth.

Estava fora de cogitação falar com as adolescentes da joalheria. Não havia lugar para mim no meio dos corpos femininos daquela viagem: eu era só uma criança em fase de crescimento, grande, sem peito e troncha.

Ao chegar em Lourdes, fui tomada por um estranho mal-estar. Eu via toda a paisagem, as casas e as montanhas, desfilando constantemente. Quando estava sentada na mesa do restaurante do hotel, o muro da rua a minha frente ficava "passando" sem parar diante dos meus olhos. Apenas os lugares fechados não se mexiam. Não disse nada ao meu pai, pensei que tinha enlouquecido e que ficaria assim. Todas as manhãs, ao levantar, eu me perguntava se a paisagem tinha, enfim, parado. Acho que em Biarritz voltei a me sentir normal.

Meu pai e eu cumprimos todos os exercícios de devoção previstos por minha mãe. A procissão de velas, a grande missa ao ar livre a que assistimos de pé sob o sol — fico a ponto de desmaiar e uma mulher me empresta seu banco dobrável —, a oração na gruta milagrosa. Impossível dizer se achei bonitos esses lugares que a escola religiosa e minha mãe evocavam com tanto êxtase. Não experimentei nenhuma emoção estando ali. Lembro-me de sentir um vago tédio, uma manhã cinzenta ao longo do Rio Gave.

Junto com o grupo, visitamos o castelo, as grutas de Bétharram e uma reconstituição da paisagem da época de Bernadette Soubirous sobre uma imensa tela numa espécie de circo, o Panorama. Nós fomos os únicos, junto com a aposentada dos correios, a não ir ao circo de Gavarnie ou à ponte da Espanha. Essas excursões não estavam incluídas no pacote da viagem, e meu pai com certeza não levara dinheiro suficiente. (Num café em Biarritz, o espanto dele quando disseram o preço do conhaque que ele acabara de tomar com os dois outros comerciantes.)

Nós não tínhamos feito nenhuma projeção de como seria a viagem. Havia muitos costumes que não conhecíamos.

As adolescentes da joalheria tinham um guia turístico que carregavam na mão ao descer do ônibus para visitar um monumento. Elas tiravam chocolates e biscoitos da bolsa de praia. Com exceção de uma garrafa de álcool de hortelã com um pouco de açúcar para o caso de enjoo, nós não tínhamos levado nada para comer, achando que isso não se fazia.

Eu levara apenas um par de sapatos, brancos, comprados para a cerimônia de renovação dos votos da primeira comunhão, que rapidamente ficaram sujos. Minha mãe não havia me dado nenhum produto para limpá-lo na viagem. A ideia de comprar um não nos ocorreu, como se fosse impossível ter de procurar uma loja numa cidade desconhecida. Uma noite, em Lourdes, vendo os sapatos alinhados diante das portas dos quartos, coloquei os meus. Na manhã seguinte, eles estavam tão sujos quanto na véspera e meu pai zombou de mim: "Bem que eu avisei. Tinha que pagar para limpar". Era uma coisa inconcebível para nós.

Compramos apenas medalhas e cartões-postais para enviar a minha mãe, à família e a conhecidos. Nenhum jornal, com exceção de, num único dia, *Le Canard enchaîné*. Os jornais das regiões que visitávamos não noticiavam nada da nossa.

Em Biarritz, eu não tinha maiô de banho nem short. Caminhamos pela praia com nossas roupas e sapatos em meio aos corpos bronzeados desfilando de biquínis.

Ainda em Biarritz, nas mesas ao ar livre de um grande café, meu pai conta uma piada um pouco obscena sobre um padre, que eu já o ouvira contar em casa. Os outros riem de modo forçado.

Três imagens do itinerário de volta.

Em uma parada, numa planície de terra ocre e grama ressecada, talvez em Auvergne, acabo de defecar afastada do grupo, que estava sentado numa lanchonete. Pensei, então, que eu havia deixado alguma coisa minha num lugar ao qual talvez nunca mais voltasse. Em breve, amanhã, estarei longe, voltarei para a escola e durante muitos dias, até o inverno, haverá uma coisa minha abandonada nessa planície desértica.

Nas escadas do castelo de Blois. Meu pai, que tomou friagem, não consegue parar de tossir. A única coisa que dá para ouvir é a tosse dele que ressoa por debaixo das abóbadas, cobrindo os comentários do guia. Ele diminui o passo para se distanciar do grupo que chegou ao alto da escada. Eu me viro e espero por ele, talvez a contragosto.

Uma noite, a última da viagem, em Tours, jantamos num restaurante forrado de espelhos, brilhantemente iluminado, frequentado por uma clientela elegante. Meu pai e eu estávamos sentados na ponta da mesa do nosso grupo. Ficamos esperando por um longo tempo, diante dos pratos vazios, os garçons, que faziam pouco caso da nossa mesa. Havia, numa mesinha ao lado da nossa, uma moça de catorze ou quinze anos, com vestido decotado, bronzeada, na companhia de um homem bem idoso, que parecia ser seu pai. Eles falavam e riam com liberdade, os dois à vontade, sem se preocuparem com os outros. Ela saboreava uma espécie de leite espesso num pote de vidro — alguns anos depois, vim a saber que era iogurte, algo que ainda não conhecíamos em nossa casa. Eu me flagrei no espelho em frente: pálida, um ar triste com meus óculos, silenciosa ao lado do meu pai, que olhava para o nada. Conseguia enxergar tudo o que me separava daquela moça, mas não sabia o que eu poderia fazer para me parecer com ela.

Meu pai se queixou, com uma violência inabitual, desse restaurante em que tinham nos servido um purê feito com "batata para alimentar porco": era branco e sem gosto. Muitas semanas depois, ele ainda manifestava uma raiva profunda daquele jantar, com "batata de porco". Era uma forma de dizer, sem ter de dizer — talvez tenha sido nesse momento que eu comecei a decifrar o que aconteceu —, toda a ofensa sentida por ele ao ser tratado com desprezo por não fazer parte da clientela chique e "à la carte".

(Depois de cada uma das imagens desse verão, minha tendência natural seria escrever "então descobri que" ou "eu me dei conta de que", mas essas palavras pressupõem uma consciência clara das situações vividas. O que houve foi apenas uma sensação de vergonha que fez com que essas imagens ficassem gravadas em minha memória desprovidas de qualquer sentido. Mas nada pode apagar o que senti, esse peso, esse aniquilamento. Ele é a derradeira verdade.

É ele que une a menina de 1952 à mulher que escreve essas palavras.

Com exceção de Bordeaux, Tours e Limoges, nunca voltei a nenhum dos lugares que visitamos nessa viagem.

A imagem do restaurante em Tours é a mais nítida. Quando escrevi um livro sobre a vida e o meio do meu pai, ela me voltava repetidas vezes, como se fosse a prova da existência de dois mundos e do nosso pertencimento irrefutável ao mundo inferior.

Talvez não exista relação entre a cena daquele domingo de junho e essa viagem, além do dado cronológico, mas como afirmar que um fato ocorrido depois do outro não aconteceu na sombra projetada pelo primeiro, que a sucessão das coisas não tem conexão?)

Na volta, não conseguia parar de pensar na viagem. Imaginava a mim mesma nos quartos de hotel, nos restaurantes, nas ruas das cidades ensolaradas. Sabia que existia outro mundo, vasto, com um sol esmagador, quartos com banheiros de água quente, moças conversando com seus pais como nos romances. Nós não fazíamos parte dele. Simples assim.

Acho que foi durante esse verão que inventei o jogo do dia ideal, um tipo de ritual inspirado no *Petit Écho de la mode* — o jornal com mais propagandas entre todos os que comprávamos —, que eu jogava depois de ter lido os romances de folhetim e algumas matérias. O processo era sempre o mesmo. Imaginava que eu era uma moça que morava sozinha numa casa grande e bonita (variante: sozinha num quarto em Paris). Com cada produto exaltado pelo jornal, eu ia construindo meu corpo e minha aparência: dentes bonitos (com Gibbs), lábios vermelhos e grossos (batom Baiser), cintura fina (cinta X) etc. Eu usava um vestido ou um blazer que deveriam ter sido comprados por correspondência; meus móveis vinham das Galeries Barbès. Estudava na École Universelle, que propagandeava perspectivas de futuro. Só comia alimentos cujos benefícios para a saúde eram elogiados: macarrão, margarina Astra. Experimentava um prazer imenso criando uma imagem minha unicamente a partir dos produtos que figuravam no jornal — regra respeitada com todo escrúpulo — e que eu descobria conforme ia, pouco a pouco, lendo cada "anúncio", reunindo as imagens entre si e organizando a narrativa de um dia ideal. Tal dia consistia, por exemplo, em acordar numa cama Lévitan, tomar o achocolatado Banania no café da manhã, escovar minha "esplêndida cabeleira" com creme Vitapointe, estudar para os meus cursos por correspondência, para enfermeira ou assistente social etc. De uma semana a outra, a troca de anúncios renovava o jogo que, ao contrário da deriva imaginária que obedecia à leitura dos romances, era muito ativo, ao mesmo tempo estimulante — eu construía um futuro com objetos reais — e frustrante, pois eu nunca conseguia estabelecer o funcionamento de um dia completo.

Era uma atividade secreta, sem nome, e nunca achei possível que outras pessoas se entregassem a ela.

Em setembro, de repente, os negócios da loja começaram a ir mal: uma cooperativa ou um familistério fora aberto no centro da cidade. A viagem a Lourdes certamente havia sido muito cara para nós. À tarde meus pais cochichavam na cozinha. Um dia minha mãe censurou a mim e a meu pai por não termos rezado direito na gruta. Começamos a gargalhar e ela corou, como se tivesse acabado de revelar uma relação com o céu que éramos incapazes de compreender. Eles cogitaram vender o negócio e trabalhar como vendedores numa loja de produtos alimentícios ou então voltar a trabalhar na fábrica. A situação deve ter melhorado em seguida, pois nunca aconteceu nada disso.

No fim do mês, tive uma cárie e minha mãe me levou pela primeira vez ao dentista, em Y. Antes de jogar um jato de água fria na gengiva para dar a injeção, ele me perguntou: "Dói quando você toma sidra?". Era a bebida de mesa dos operários e de quem vivia nas zonas rurais, adultos e crianças. Em casa, eu tomava água como as pensionistas da escola particular, às vezes com um pouco de granadina. (Será que eu já não era indiferente a nenhuma frase que se referia ao lugar que ocupávamos na sociedade?)

Na volta às aulas, fazíamos a limpeza da sala em grupos de duas ou três meninas, num sábado depois da aula, na companhia da srta. B., professora do sexto ano. Em meio ao clima descontraído dos panos úmidos e da poeira, cantarolei uma canção de amor, *Boléro*, a plenos pulmões, e depois parei. Recusei seguir adiante, como a srta. B. me encorajou, insistentemente. Estava convencida de que ela queria que eu expusesse minha vulgaridade apenas para poder denunciá-la com violência.

Inútil continuar. A vergonha é só repetição e acumulação.

Toda a nossa existência se tornou sinal de vergonha. O mictório que ficava no pátio, o quarto compartilhado — no qual eu dormia com os meus pais, seguindo um hábito comum em nosso meio, devido à falta de espaço —, os tapas e palavrões da minha mãe, os clientes bêbados e as famílias que compravam fiado. O conhecimento detalhado que eu tinha dos graus de bebedeira e dos fins de mês à base de carne enlatada marcou, por si só, meu pertencimento a um estrato pelo qual a escola particular só manifestava ignorância e desprezo.

Era normal sentir vergonha, como se fosse uma consequência inscrita na profissão dos meus pais, nas dificuldades financeiras que eles tinham, em seu passado como operários, em nossa forma de viver. Na cena daquele domingo de junho. A vergonha se tornou, para mim, um modo de vida. No fim das contas, já nem percebia sua presença, ela estava em meu próprio corpo.

Sempre tive vontade de escrever livros a respeito dos quais me fosse impossível falar em seguida, livros que tornassem o olhar dos outros insustentável. Mas é inimaginável pensar quanta vergonha poderia me trazer a escrita de um livro que estivesse à altura daquilo que experimentei com meus doze anos.

O verão de 1996 está terminando. Quando comecei a pensar neste texto, uma granada de morteiro caiu no mercado de Sarajevo, matando várias dezenas de pessoas e ferindo outras centenas. Nos jornais, alguns diziam que "a vergonha nos envolve". Para eles, a vergonha era um sentimento que poderíamos ter num dia e abandonar no outro, aplicar a uma situação determinada (Bósnia), e não a outra (Ruanda). Todo mundo já esqueceu o sangue no mercado de Sarajevo.

Durante os meses em que escrevi este livro, fiquei atenta aos fatos, quaisquer que fossem — lançamento de um filme, de um livro, morte de um artista etc. —, desde que situados em 1952. Eu tinha a impressão de que eles confirmavam a realidade desse ano distante e da minha identidade como criança. Num livro de Shohei Ooka, *Les Feux*, publicado no Japão em 1952, leio: "Tudo isso pode ter sido apenas uma ilusão, mas eu não posso pôr em xeque o que senti. A lembrança também é uma experiência".

Olho a foto de Biarritz. Meu pai morreu há vinte e nove anos. Já não guardo nada em comum com a menina da foto, a não ser a cena do domingo de junho que ela traz na cabeça e que me fez escrever este livro, porque nunca saiu de mim. É essa cena que faz com que a menininha e eu sejamos a mesma pessoa, já que o orgasmo — momento em que sinto com mais força minha identidade e a permanência do meu ser — eu só fui conhecer dois anos depois.

Outubro de 1996

INSTITUT FRANÇAIS

AMBASSADE DE FRANCE AU BRÉSIL
Liberté
Égalité
Fraternité

Cet ouvrage, publié dans le cadre du Programme d'Aide à la Publication année 2022 Carlos Drummond de Andrade de l'Ambassade de France au Brésil, bénéficie du soutien du Ministère de l'Europe et des Affaires étrangères. [Este livro, publicado no âmbito do Programa de Apoio à Publicação ano 2022 Carlos Drummond de Andrade da Embaixada da França no Brasil, contou com o apoio do Ministério francês da Europa e das Relações Exteriores.]

Cet ouvrage a bénéficié du soutien des Programmes d'aides à la publication de Institut Français. [Este livro contou com o apoio à publicação do Institut Français.]

Título original: *La honte*

FSC
www.fsc.org
MISTO
Papel | Apoiando o manejo florestal responsável
FSC® C011095

A marca FSC® é a garantia de que a madeira utilizada na fabricação do papel deste livro provém de florestas gerenciadas de maneira ambientalmente correta, socialmente justa e economicamente viável e de outras fontes de origem controlada.

EDITORAS Rita Mattar e Eloah Pina
ASSISTENTE EDITORIAL Mariana Correia Santos
PREPARAÇÃO Leda Cartum
REVISÃO Anabel Ly Maduar e Denise Camargo
DIRETORA DE ARTE Julia Monteiro
CAPA Bloco Gráfico
IMAGEM DA CAPA Arquivo privado de Annie Ernaux (direitos reservados)
PROJETO GRÁFICO Alles Blau
EDITORAÇÃO ELETRÔNICA Página Viva

Dados Internacionais de Catalogação na Publicação (CIP)
(Câmara Brasileira do Livro, SP, Brasil)

Ernaux, Annie
A vergonha / Annie Ernaux ; tradução Marília Garcia.
— São Paulo : Fósforo, 2022.

Título original: La honte
ISBN: 978-65-84568-50-1

1. Ernaux , Annie, 1940- — Infância e juventude
2. Romance autobiográfico francês I. Título.

22-121995 CDD – 843.914

Índice para catálogo sistemático:
1. Romance autobiográfico : Literatura francesa 843.914

Cibele Maria Dias — Bibliotecária — CRB-8/9427

1ª edição
3ª reimpressão, 2022

Editora Fósforo
Rua 24 de Maio, 270/276
10º andar, salas 1 e 2 — República
01041-001 — São Paulo, SP, Brasil
Tel: (11) 3224.2055
contato@fosforoeditora.com.br
www.fosforoeditora.com.br

Este livro foi composto em GT Alpina
e GT Flexa e impresso pela Ipsis em papel
Pólen Bold 90 g/m² da Suzano para a
Editora Fósforo em novembro de 2022.